# 바닥에서 꽃피운 동백처럼

바닥에서 꽃피운 동백처럼

**발행**　　　2023년 01월 02일
**저자**　　　호두
**펴낸이**　　한건희
**펴낸곳**　　주식회사 부크크
**출판사등록**　2014. 07. 15(제2014-16호)
**주소**　　　서울특별시 금천구 가산디지털1로 119 A동 305호
**전화**　　　1670-8316
**E-mail**　info@bookk.co.kr
**ISBN**　　979-11-410-0978-6

www.bookk.co.kr

"

# 바닥에서 꽃피운 동백처럼

호두 지음

BOOKK

차례

## part 1  여기 나를 쓰다 [에세이]

part 2    기억의 서사 [소설]

# part 3    백지 위 무한한 가능성의 세계 [시]

part 1

**여기 나를 쓰다**

## 동백은 바닥에서 한 번 더 꽃을 피운다

　나는 평범한 초등학생이었다. 단지 나는 다른 아이들과 달리 환경이 조금 달랐을 뿐.

　아무것도 모르고 외국에 간다는 아빠를 따라 태국에 가게 된 것은 내가 초등학교 3학년 때였다. 고작 초등학교 저학년이었던 나에게는 갑작스러운 일이었다. 그때 기억을 떠올리면 분명한 것이 있다. 나는 울고 있었다. 공항으로 가는 차 안에서 아무리 울고 떼를 써보아도 어른들은 나를 외면하기 바빴다. 그때의 나는 한참 어렸고 또 무력했다.

　나는 당시에 외국인과 소통이 안 되었고, 자연스레 사람과의 소통도 단절되었다. 그렇게 오랜 시간을 보내고 나는 소심한 아이가 되었다. 어느 날 일어나니 집에는 나뿐이었다. 아빠는 일이 있어 집에 계시지 않았고, 오빠는 아마도 운동하러 간 거 같았다. 오빠는 나가서 한참이 지나도 돌아오지 않았다. 점심시간이 지나고, 아빠에게 전화를 걸었다. 아빠는 밖에 나가서 오빠를 찾아보라고 하였고, 나는 그제야 상황의 심각성을 깨달았다. 쿵쿵거리는 심장을 부여잡고 밖으로 나왔다. 오빠의 이름을 외쳐야 하는데 입을 벌려도 소리가 나오지 않았다. 난 결국 목소리가 입 밖으로 나오지 않아 집으로 돌아갈 수밖에 없었다.

집으로 돌아오자 나는 죄책감에 머리가 새하얘졌다. 결국 다시 밖으로 나가 나오지 않는 목소리를 쥐어 짜내어 오빠의 이름을 불렀다. 그러자 주변의 시선이 나에게 쏠렸다. 토할 것 같은 기분이 들었고, 결국 나는 오빠를 찾지 못한 채 집으로 돌아왔다.

결론을 말하자면 오빠가 운동하러 간 게 맞았고, 오빠가 돌아왔지만 불안한 내 감정은 쉽게 가라앉지 않았다. 나의 감정을 제어하지 못하는 나이였고, 역시나 지금도 감정을 제어하지 못한다. 솔직히 태국에서 살아온 일상을 떠올리면 태국에 따라간 것이 내 인생 최악의 선택이라고 생각한다. 얻은 게 없고, 잃은 게 많았다. 나는 평생 이렇게 생각할 것이다. 그곳은 나의 소중한 것들을 잃은 곳이었고, 다시는 경험하기 싫은 기억도 많은 곳이기 때문이다.

내 생일날에 있었던 일을 이야기해 보려고 한다. 그때는 아빠가 집에 없는 시간이 많았고, 아빠와 무언가를 터놓고 얘기할 시간이 많이 없었다. 생일날 뭘 갖고 싶냐는 아빠의 질문에 나는 아무 말도 하지 못했다. 눈물이 나오려는 마음을 애써 꾹꾹 눌러 담고 화장실로 도망쳤다. 뒤에서 들려오는 "쟤, 왜 저러냐?"라는 아빠의 말에 가슴이 내려앉는 듯했다. 남이 본다면 정말 멍청하고 이해가 안 되는 이야기겠지만, 그때 당시 나는 그랬다. 사춘기가 일찍 온 것이었을까? 왠지 아빠 얼굴만 보면 눈물이 나려 했다.

개개인의 성격이 자신이 살아온 환경의 영향을 많이 받을 수밖에 없기에 나를 이해하려고 해봐도 나는 눈치를 많이 보는 나의 성격이 썩 마음에 들지 않는다. 툭하면 눈치 보고 하고 싶은 말은 많지만, 머릿속에 가둬둔다. 누구든 나로 내 삶을 살아본다면 나와 비슷한 성격으로 자랄 것 같다. 가끔은 나의 선택을 후회해도 소용이 없다는 걸 알지만 후회되는 걸 억지로 부정할 수도 없었다. 진부한 얘기지만 항상 비슷한 일을 겪어왔던 내가 털어놓을 수 있는 얘기는 이 정도인 것 같다.

내가 5년 만에 한국에 돌아왔을 때 이곳은 많이 달라져 있었다. 당연히 처음 중학교에 들어왔을 때 적응하기 힘들었다. 인간관계를 어떻게 다루는지도 몰랐고, 나에게 처음 다가와 준 친구들이 부담스러웠다. 처음으로 다양한 성향을 가지고 있는 친구들과 맞닥뜨린 경험은 한참이 지나도 적응이 어려웠다. 나의 친구, 인간관계의 기억은 초등학교 3학년 때에 기억에 머물러 있기 때문이다.

하지만 오늘날의 나는 불과 1년 전 그날의 나와는 전혀 다른 사람이다. 그리고 또 바뀔 것이다. 이제는 하고 싶은 것과 해야 하는 것이 나에게 주어졌고, 무기력하게 살던 그때와는 많은 것이 달라졌다. 그게 무엇이든 포기하지 않고 달린다면 괜찮은 어른이 될 수 있을 것이다.

## 그날의 진실

나에겐 외할머니가 많다. 많다는 느낌이지 솔직히 외할머니가 몇 명인진 모르겠다. 외할머니 하면 아직도 의문인 이야기가 하나 있다. 온 가족들이 모이면 이 이야기가 한 번씩 나오곤 한다. 욱하다 보면 눈물도 나올락 말락 한다. 몇 살이었는지도 기억이 나지 않는다. 유치원에 다녔었고, 또 학원으론 태권도도 다녔다.

당시 엄마의 나이는 30세 초중반. 그러나 엄마의 몸 나이는 50세가 넘는다는 소리를 병원 의사 선생님한테 들었다 했다. 그래서 엄마는 아끼고 아낀 돈으로 허리디스크 수술을 받으셨다. 그 때문에 난 한동안 시내, 송학리에서 번갈아 잤고 놀고 그랬다. 엄마가 힘드니까 어른들이 돌아가며 나를 보살핀 것이다.

그날, 나는 외할아버지 집에서 잤고, 그곳은 시내였다. 그리고 친가 쪽은 외진 곳에 있었다. 진짜 시골이었다. 풀도 많았고 그곳은 송학리였다. 외할아버지 집에서 잔 뒤 삼촌, 외할아버지, 할머니가 나에게 물었다.

"어린이집, 태권도 끝나고 송학리로 들어갈래? 아님 시내로 다시 나올래? 엄마는 나중에 오니까 시내로 나오면 삼촌이 있어. 너 시내로 안 나오면 삼촌은 피시방 갈 거야. 어디로 갈래?"

나는 송학리로 들어간다 하였고, 삼촌은 내가 시내로 안 나오니 삼촌도 피시방을 간다고 하였다. 유치원 가는 동안 혼자서 많은 생각을 했던 게 지금도 기억이 난다. 나는 그때 뭔 생각으로 송학리에 간다고 했을까? 어쨌든 나는 어린이집에 갔다. 갑자기 선생님이 나를 부르신다.

"다연아, 엄마가 그러시는데 태권도 끝나고 송학리로 들어가지 말구, 시내 외할아버지 집으로 갈 거야."

태권도가 끝나고 나는 선생님이 말씀하신 걸 어떻게 기억했는지 송학리가 아닌 진짜로 시내로 갔다. 그걸 순진하게 받아들인 내 잘못인가 아무도 나를 마중 온 사람이 없었다. 외로웠다.

'뭐지, 나 버려진 건가?'

생각해보니 엄마랑 아빠랑 같이 손잡고 들어갔던 건물이 기억이 나는 거 같았다. 문제는 비밀번호를 모른다는 것이다. 아직도 몇 동이였는지 기억이 난다. 405동이었다. 복잡한 생각 끝에 경비실로 갔다.

"저… 아저씨, 저 전화기 좀 빌려주세요."

"왜? 엄마를 잃어버렸니?"

나는 구구절절 설명했다. 집, 집, 어린이집, 태권도, 집 사이에 내 머릿속에 맴돌고 있는 생각을 다 말했다. 아저씨는 나를 좀 성가시게 생각하셨나? 표정이 썩 좋아 보이진 않았다. 난 눈치가 빨랐다. 물론 지금도 빠르지만. 그땐 어린 마음이었는데 그걸 어떻게 알아차렸는지.

전화를 받아 들고는 그때 진짜로 쉽게 외운, 아빠 전화번호를 어렵지 않게 떠올렸다. 0을 누르고 1을 누르고 0을 또 누르고 차례대로 하나하나 눌렀다. 전화기 안내가 나보고 뭐라 했다. 뭐라 했는지는 기억 안 나지만 그 아줌마 목소리가 끝나고 내 아빠 목소리가 들릴 줄 알았다.

"여보세요?"

아빠 목소리가 나올 줄 알았는데 전화기에서 '뚜뚜뚜—'하며 아무 반응이 없었다. 나는 진짜 그때 너무 무서웠다. 아저씨는 날 빤히 쳐다보시고. 전화기론 아빠 목소리가 안 들리고. 엄마한테 전화하고 싶은데 엄마 전화번호는 모르고. 외할아버지는 어딨지? 할머니는? 삼촌은 피씨방. 그냥 아침에 시내로 나온다고 말을 했어야 해. 아님 선생님이 나한테 엄마가 그렇게 말했다고 전달했을 때 그냥 태권도 끝나고 송학리로 간다고 했었어야 해.

아빠한테 전활 계속했다. 전화번호가 틀려서 그런가 그냥 전화 거는 걸 포기했다. 그래서 그냥 아저씨한테 우물쭈물 말했다. 그냥 기다린다고.

가만히 TV를 보다가 아저씨가 어딜 가신다고 하였다. 어디 가시냐고 물어보니까 먹을 것 좀 사 온다고 하셨다. 좀 걸어서 2분 거리에 슈퍼 하나가 있었다. 혼자 있기 무서우니 데리고 가달라고 부탁하였다. 아저씨는 나를 데리고 가려고 문을 여셨다. 마침 문을 열자마자 익숙한 실루엣을 가진 사람이 지나가고 있었다. 난 그 사람이 삼촌인 걸 바로 알아차리고 달려갔다. 아빠 전화번호도 까맣게 잃어버린 탓에 잘못하면 엄마 아빠를 못 볼 수도 있었다는 사실에 엄청 울고 또 울었다. 삼촌은 그 찰나에 피씨방에 갔다 집에 오는 도중이었다. 나는 경비 아저씨께 삼촌이랑 꾸벅 인사를 좀 많이 했다. 나중에 엄마도 그렇고, 이모도 그렇고, 모두 삼촌 탓을 했다고 한다. 그래서 외할아버지는 삼촌을 혼냈다. 하지만 그날만큼은 삼촌이 정말 좋았다. 나를 찾으러 툴툴거리며 오던 삼촌이.

외할머니랑 외할아버지가 나보고 엄마 있는 곳에 가자고 했다. 그래서 난 가겠다고 했다. 포도맛 폴라포를 먹으면서 갔다. 폴라포에 있는 종이 껍질이 묽어져서 아이스크림을 한입 먹을 때마다 같이 입으로 들어왔다. 나는 그 상태로 군산 병원으로 갔다. 보령에서 군산까지 나는 잤다. 이때부터였나 나는 그 뒤로 차만 타면 잤다. 아무 꿈을 안 꾸었다. 모든 배경이 검은색이었고, 지나갈 때 큰 조명들이 잠깐잠깐 비추면 눈이 떠지고 깨어났다. 폴라포의 내용물은 남아 있지 않았고, 손은 끈적끈적했다.

엄마가 고통스럽게 버티고 있는 병원에 찾아갔다. 엄마는 나를 안고 울었다. 엄마한테 아침에 있었던 일, 어린이집에서 놀고 있었는데 선생님이 나 불러서 아파트로 가라 한 거, 갔는데 아무도 날 기다리고 있지 않았던 거, 경비 아저씨가 날 바라보던 눈빛, 언니,

오빠가 날 봐준 거, 삼촌 얼굴 보고 운 거, 우동 먹고 집 가는 길에 엄마 친구 봐서 돈 받은 거, 다 엄마한테 말했다. 엄마는 허리 수술을 마친 지 며칠도 아니, 몇 시간만이었지만, 나를 꼭 안고 울었다. 그때 엄마는 정말 포근했고, 엄마가 날 얼마나 생각하는지 알았다.

이 일 이후로 매일같이 가족들이 다 모이면 이 얘기가 나온다. 엄마는 그렇게 어린이집 선생님께 전한 적 없다고 한다. 그럼 내가 한마디 한다.

"그럼, 외할머니가 나 싫어서 그런 거였나?"

"에이 설마"라며 엄마는 말을 이었다.

"수술 마친 지 3시간도 안 됐었어. 목소리도 안 나오는 상태에서 너 친할머니한테 다연이 왔냐고 전화했는데 너 시내로 갔다는 거야. 그래서 외할아버지한테 전화했지. 근데 송학리로 갔다잖아. 그래서 태권도 관장님한테 전화했는데 너 시내에 내려줬대. 그래서 진짜 엄마 동동동 뛰었다니까. 너 진짜 어떻게 경비실 갈 생각을 했니?"

"엄마, 분명 어린이집 선생님이 엄마가 시내로 가라 했다고."

엄마는 그 외할머니가 싫다고 했다. 난 뭔 생각으로 경비실에 갔는지. 외할머니가 악감정으로 일부러 그런 건가? 왜 그런 거지?

# 꿈

내 꿈은 메이크업 아티스트다. 내 꿈은 13살 때 정해졌다. 처음부터 꿈이 메이크업 아티스트는 아니었다. 3학년 때는 연예인이 좋아, 매니저가 되고 싶었고, 4학년 때는 성우가 되고 싶었다. 그리고 5학년 때는 드라마에서 경찰이 너무 멋있어서 경찰이 되고 싶었다. 그때는 그냥 멋있고 재밌어 보여서 꿈을 바꾸고는 했다. 하지만 이번에 메이크업 아티스트라는 꿈을 가지게 된 이유는 다르다.

6학년에 코로나가 시작돼서 마스크를 쓰면서 다니게 됐다. 친구들 얼굴은 밥 먹을 때만 잠깐 볼 수 있었고, 거의 볼일이 없었다. 그리고 온라인 수업 때문에 A조, B조로 나눠서 학교를 다니게 됐다. 그러다 1학기가 지나고 2학기가 됐을 때 학교를 다 같이 다니게 되었다. 그러면서 A조 친구들과도 친해졌다. 그런데 다들 친하게 지내는데 친구들과 잘 지내지 못하는 친구가 있었다. 다른 친구들보다 성격이 소심하고 조용한 친구였다. 그런데 혼자 있는 게 좋아보이지는 않았다. 나는 친구들한테 먼저 말 거는 걸 좋아해서 그 친구한테 먼저 말을 걸었다. 그렇게 먼저 다가가서 그 친구랑 말을 하다 보니까 외모에 자신이 없다고 말했다. 나는 그 얘기를 듣고 내가 무언가 도움을 주고 싶었다. 그래서 고민 끝에 떠오른 것이 화장이었다.

나는 평소에 쓰던 화장품을 친구 집에 가져가서 친구에게 화장을 해주었다. 그때 그 친구의 얼굴 특징은 둥글둥글한 얼굴에 쌍꺼풀이 없다는 점이었다. 그리고 코도 동글동글한 편이어서 전체적으로 동그란 인상을 주는 얼굴이었다. 그래서 나는 일단 친구의 얼굴 특징을 잘 살리기 위해 신경을 썼다. 피부는 톤에 맞게 해줬고, 친구가 눈이 고양이상이고 무쌍이기 때문에 매트한 브라운 컬러를 사용했다. 왜냐면 핑크 계열의 컬러를 쓰면 무쌍은 눈이 부어 보일 수 있어서 쓰지 않는 게 좋다. 그렇게 하나하나 하고 마지막으로 틴트는 매트한 오렌지랑 빨간색이 섞인 색을 사용했다. 그렇게 하고 마무리했다.

친구가 거울을 보고 나한테 고맙다고 하면서 활짝 웃었다. 그 친구가 그렇게 활짝 웃은 적은 처음이었다. 그때 친구도 물론 행복했겠지만, 나도 너무 행복했다. 이 꿈을 가지기 전까지는 이렇게까지 행복한 적이 없었는데 이번에는 정말 너무 행복했다. 그래서 나는 아직도 그 친구한테 너무 고맙다. 그때 화장해준 일은 그 친구가 나한테 고마워해야 할 게 아니라 내가 더 고마워해야 할 일이다.

나는 고맙고 기쁜 마음을 가지고 앞으로도 메이크업 아티스트라는 꿈을 위해서 노력할 것이다!

## 졸업의 기억

2021년 초등학교 졸업식이 있던 날, 아마 아침에 일어날 때부터 기분이 묘했던 것 같다. 뛰면 겨우 30초 걸리는 학교에 등교해 6학년 2반에 있다가 졸업식을 위해 담임선생님 차를 타고 본교로 향했다. 본교에 도착해서 6학년 교실에 들어갔다. 동시에 분교 다니는 6학년이 나밖에 없다 보니 항상 느껴지는 소외감이 역시나 들었다. 뭐 나만 모르는 얘길 한다든지 하는. 그땐 새롬이나 병훈이 말고는 나쁜 놈들이었다. 표정은 무미건조? 그러곤 졸업식이 시작됐다. 코로나가 한창 무섭게 도는 시기다 보니 강당이 아닌 그냥 6학년 교실에서 졸업하는 애들과 선생님들만 조촐한 졸업식에 참여했다.

초등학교 다니는 내내 보았던 졸업식 그대로였다. 다른 점은 보는 사람이 전교생이 아닌 것과 부모님 앞에서 읽는 편지를 그냥 애들 앞에서 영상 찍으며 읽은 것이었다. 근데 울 할매와 할배는 보시지 않으셨다!! 그리고 울먹울먹하며 읽어서 쪽팔리고 속으로 망했다고 생각했다. 병훈이는 그냥 내가 긴장해서 그런 줄 알았다고 하고, 새롬이는 오히려 지가 더 울었으니까 대부분 눈치 못 챘겠지라고 생각하기로 했다. 그리고 갑자기 생각났는데 졸업장, 상장받을 때 잠시 바닥에 내려놓은 상장을 강이가 예쁘게도 밟고 가셨다. 사과도 안 하고.

다음으로 후배들이 인사해주는 영상을 틀었는데 내가 분교를 다녔다 보니 분교 애들 나올 때가 제일 뭉클했다. 그리고 1, 2학년 때 선생님들께서도 영상을 찍어 보내주신 것에 놀랐다. 1학년 때 선생님을 보니 1학년 때 같은 반을 쓰던 2학년 오빠들도 생각나면서 잘 있나, 궁금해지기도 했다. 그러고 보니 졸업식 날 1학년 때를 생각해서 더 슬퍼졌을지도…….

뭐, 꽃다발도 받고, 사진도 찍고, 다시 분교로 가서 점심을 먹었다. 영양사 선생님께서 선물이라고 케이크를 두 개 주셨던 게 감동이었다. 담임선생님과 초등학생으로서 마지막으로 얘길 나눴다. 사실 뭔 얘기를 했었는지는 기억이 잘 안 난다.

내 물건을 정리하고 그동안 학교에서 만들었던 것들을 들고 나오니 실감이 나질 않았다. 아니 바로 집 앞인데 내일 일어나면 다시 가야 할 것 같은데 우리 반 3명 중 나만 졸업하니 겁나 서운한 느낌이 들었다.

그렇게 졸업식 날이 끝났다. 후유증은 1년 동안 갔다. 아쉬운 건 일대일 수업을 못 하는 거랑 늦게 일어나도 학교 여유롭게 갈 수 있었다는 거… 30초 컷 학교 아쉽다. 지금 보면 누구나 그렇듯이 내게 초등학교는 첫 번째 경험을 많이 선물해 준 곳이다. 딱지도 처음 접어봤고, 몰래 우유에다 미숫가루 타 먹어보는 등 많은 걸

했다. 학생 수도 적어 왕따 같은 것도 없는 시원한 학교! 제일 좋
았던 초등학교 1학년 때로 돌아가 보고 싶기도 하다.

## 노래가 관심사인 나

나는 노래를 아주아주 좋아한다. 7살이었던 나는 노래에 대해 아무것도 몰랐다. 그때는 한참 코로나19가 없던 깨끗하고 활기찬 우리나라였다. 그리고 초등학교에 입학한 나는 받아쓰기로 손에 사랑의 매도 맞고, 구구단도 외우고 그 뒤로 방정식 무슨 무슨 다양한 내용을 배웠다.

5학년 이후 나는 아이유(IU)의 삐삐, 가을 아침, 블루밍, 내 손을 잡아, Love poem과 BTS의 DNA, IDOL, FAKE LOVE 등 다양한 노래를 즐겨 들었다. 졸업을 1년 앞둔 6학년, 그때는 변성기가 안 와서 노래를 마음껏 높게 높게 불렀는데 그만큼 재미있었던 게 없었다.

그리고 초등학교 마지막 방학의 개학 날, 난 중학교 1학년이 되어 있었다. 그때에도 아이유의 에잇과 이 지금 등등 다양한 노래를 들었다.

## 공항에서

베트남 공항에서 짐을 찾고 있었다. 근데 10분이 지났는데 아직도 짐이 안 나왔다. 그래서 기다렸다. 30분이 지나도 안 나왔다. 그래서 엄마한테 짐이 언제 나오냐고 물었다. 엄마가 조금만 기다리라고 했다. 나는 조금씩 짜증이 났다. 베트남 공항은 덥고 짐은 안 나오고 심심해서 짜증이 났다. 그리고 빨리 놀고 싶은데 못 놀아서 짜증 났다. 1시간이 지났는데 짐이 안 나왔다. 나는 포기하고 바닥에 앉았다. 나는 짐이 안 나오자 '우리 짐 누가 훔쳐 간 거 아니야?'라고 생각했다.

근데 다른 사람들 거는 빨리 나왔는데 우리 거는 안 나왔다. 비슷한 가방이 보일 때마다 내가 말했다.

"엄마 이거 우리 거 아니야?"

"아니야."

나는 아쉬웠다. 나는 문득 이런 생각을 했다. 한국에 있는 공항이랑 너무 다르다고. 심지어 베트남 공항은 너무 더웠다. 한국이랑 너무 달랐다. 1시간 30분이 지나자 짐이 나왔다. 변비 때문에 안 나오던 똥이 나온 거 같았다. 나는 신이 났다.

## 소중한 것은 소중하게

우리 집엔 강아지 8마리가 있다. 분명 이사 올 땐 한 마리만 데리고 왔는데 정신 차려보니 7마리가 더 생겼다. 이 7마리는 이사 올 때 데려온 개가 낳은 게 아니다. 처음에 여기 집 지어주신 분께서 개 2마리를 놓고 가셨다. 엄마가 싫다고 하셨지만, 그분은 2마리를 놓고 가버렸다. 그중 한 마리는 어느 날 사라져버렸고, 남은 한 마리가 계속 새끼를 낳은 거다. 엄마는 차마 내칠 수 없기에 그 개가 낳은 5마리를 키우게 되었다. 근데 그 후로 어미 개가 집을 나가버렸다. 그렇게 우리 집 개는 6마리가 되었다. 그리고 시간이 지난 뒤 엄마가 개를 또 데리고 왔다. 엄마 동료분이 엄마께 엄마가 얘 안 데려가 주면 버린다는 말을 듣고 어쩔 수 없이 데리고 왔다는 거다.

난 이해할 수 없다. 버릴 거면 왜 키우기 시작했는지 말이다. 그리고 난 그 사실 때문에 개가 우리 집에 오는 것을 별로 안 좋아한다. 그리고 시끄럽고, 정신없고, 그래서 반대했지만, 어쩔 수 없이 키우게 됐다. 그리고 엄마의 동료분이 또 개를 데리고 와 총 8마리가 되었다. 그리고 엄마 회사 동료분은 또 강아지를 입양했다한다. 그리고 심지어 그 강아지 사진을 다른 사람들에게 자랑까지 했다고 한다. 어떻게 사람이 그럴 수 있나. 버릴 거면 키우지 말아야지. 그분은 생명의 소중함을 모르는 거 같다.

어쨌든 우리 집 개들은 8마리가 되었다. 새로운 강아지들은 집에서 살던 개들이라 어쩔 수 없이 집안에서 살게 되었다. 우리 집에 들어오면 먹던 걸로 짓는 문화(?), 전통(?)이 있는데 그래서 그때 돌아다니던 음식으로 이름을 지었다. 짓고 보니 정말 어울리는 이름이었다. 개들도 견권(?), 개권(?)이 있을지 모르니, 개인 정보라 이름은 안 알려주겠다. 개들은 너무 귀엽다. 근데 애들이 약아서 내가 간식을 들고 있어야 귀여운 척을 한다. 그래서 간식만 있으면 난 무적이 될 수 있다. 우리 개들 극한에 자본주의라서 뭔가가 있어야지 나한테 온다. 그래도 귀여워서 껴안아줬다. 날 싫어한다. 그러므로 난 간식이 더 필요하다. 하지만 개들이 집을 나가버리면 간식으로도 잡기 힘들다. 그래서 간식보다 더 강력한 무언가를 알아봐야겠다.

근데 얼마 전에 충격적인 일이 있었다. 엄마가 내 방에 들어오셨는데 강아지가 따라 들어오는 거다. 말도 안 된다. 내가 부를 땐 쳐다도 안 보면서 엄마는 졸졸 따라다니다니 나는 그냥 개들이 내 방을 싫어하는 줄만 알았는데 근데 더 충격적인 건 동생한테도 그런다는 거다. 나도 개랑 똑같이 대해줬는데 어이가 없다. 그래도 너무 사랑스럽고 귀여우니까 어쩔 수 없다. 내가 이해해주는 수밖

에. 가끔 말 안 듣고 사고 쳐도 혼내긴 해야겠지만 사랑한다. 건강
히 오래 옆에 있어 주면 좋겠다.

# 작은 학교에서

초등학교 3학년 봄에 나는 신진도라는 곳으로 이사 오게 되었다. 처음 보는 친구들과 친해질 생각에 나는 들떠 있었다. 사실 나는 반 친구들이 몇 명 없기에 이전 학교보다 재미가 없을 것이라 생각했다. 하지만 내 생각과는 다르게 이곳 친구들은 내게 먼저 인사하고 친근하게 다가와서 금방 친하게 지낼 수 있게 되었다. 아람이처럼 먼저 다가와 준 친구는 처음이었다. 병훈이처럼 "돈 많냐?"라는 엉뚱한 질문을 해준 친구도 처음이었다.

하지만 학생 수가 워낙 적어서 여기서 싸웠을 때는 정말 전학을 가고 싶을 정도였다. 영어 방과 후 시간에 시끄럽게 떠들면 명단을 적는 그런 걸 할 때였다. 내 딴에는 시끄럽기에 적었는데 그 친구는 아니라 생각했나 보다. 그 뒤로 그 친구들이 내가 친구와 뭘 하고 있으면 "○○아, 우리 화장실 가자"하며 나와 얘기하고 있던 친구를 쏙 빼앗아 갔다. 솔직히 그때는 뭐라 말도 못 했다. 진짜 너무 화가 나는데 어떻게 해야 할지 몰라서 그냥 넘어갔다. 그 뒤로 친구들은 얼마 동안 그렇게 나를 슬쩍슬쩍 피해 다녔다. 만약 다시 돌아간다면 그 친구들을 불러서 왜 그러냐며 따져보고 싶다.

그런데 그 친구들 중 한 명이 나를 대하는 태도가 바뀌었다. 그 이유는 그 친구들 중 한 명이 전학을 가게 되어서다. 갑자기 내게 말을 걸기도 하고 같이 놀자고 하고, 조금 어이가 없었지만, 그때 당시에는 다시 친구가 되었다는 마음에 조금은 좋아했던 것 같다.

5학년이 되면서 여자아이들 몇몇이 전학을 가게 되었다. 노연이가 떠나고, 여자아이들이 3명이 된 우리 반. 같이 공기놀이하며 공기 못 하는 아람이를 놀리면서 같이 놀던 때가 아직도 기억에 남는다. 2학기가 되면서 아람이도 태안으로 전학을 가고 서인이와 단둘이 남게 되었지만 그래도 좋았다. 하지만 그것도 잠시 서인이 역시 여중으로 전학을 가게 되었다. 그래도 함께 있는 동안 같이 공기놀이도 하고 밥도 같이 먹고 같이 놀러 다니며 행복한 시간을 보냈다. 그렇게 6학년이 시작되었다.

6학년 때는 나만 여자였지만 남자애들과도 그럭저럭 잘 지낸 것 같다. 축구도 같이하고 피구도 하며 별 탈 없이 잘 지냈다. 종이접기를 하는데 강이가 너무 못해서 친구들이 혼냈던 것도 기억에 남는다. 그러다 초등학교를 졸업하는 날이 왔다. 솔직히 말하면 별로 슬프지 않았다. 친구들과 학교 동생들, 선생님들의 축하를 받고 집에 왔다. 기분이 싱숭생숭했지만, 남은 방학을 그런대로 즐겁게 보냈다.

중학생이 된 지금 새 친구들도 생기고 원래 알고 있는 친구들은 별로 변한 게 없는 듯하다. 이제 중학교도 얼마 안 남았는데 남은 시간 동안 지금 있는 친구들과 싸우지 않고 잘 지냈으면 좋겠다.

## 내 고향 제주

나는 제주도가 내 고향이어서 정말 좋다. 처음에 저녁에 도착해서 숙소에 짐을 풀고 푹 잤다. 다음날 카트를 타러 가는데 비가 와서 정류장에 고립되어서 어찌어찌하여 카트장은 못 가고 식당에 갔는데 그래도 우리가 힘을 합쳐 식당에 갔다는 게 좋았다. 그리고 버스를 타고 숙소에서 조금 쉬다가 동문재래시장에 가서 부모님 생각도 하지 않고 내가 쓸 거만 사서 후회했다.

다음날 서귀포에 가서 관람하고 돌아가는데, 버스를 잘못 탔다. 원래는 제주도를 일직선상으로 가는 버스를 타는 건데 실수로 바다 쪽으로 돌아가는 버스를 타버려서 3시간이 걸렸다. 그리하여 내린 결정이 내려서 다른 버스를 기다리는 것이었다. 이때 내려서 갔던 해수욕장은 금능해수욕장이었다. 그곳에서 본 금능해수욕장은 정말 예쁘고 바닷물이 맑고 시원하고 흔히 말하는 에메랄드빛 바다 같은 느낌이었다. 그곳이 나의 고향이라는 게 좋았다. 바지를 걷고 바다에 들어가서 물장난도 하고 밖에 나와서 간단한 게임도 하고 아이스크림도 먹었다. 나는 그곳에서 텐트 치고 하룻밤 자고 싶을 정도로 좋았다.

그리고 제주시로 돌아갔다. 저녁에 편의점에 갔는데 내가 그때 씨름부에서 살을 빼고 있어서 많이 못 먹었다. 그래서 제주도에서 꼭 먹고 싶었던 편의점 음식을 못 먹었던 게 아쉬웠다. 그리고 브릭 캠퍼스, 넥슨 게임 박물관, 감귤 따기 등등 이러한 체험을 하였지만, 나는 금능해수욕장이 가장 좋았다. 진짜로 예뻤던 금능해수욕장에 다시 가고 싶다. 제주도가 참 그립다.

# SMILEY

그땐 2022년 1월 방학이었다. 나는 TV로 유튜브를 보곤 했는데 우리 형이 어떤 영상을 틀었다. 그 영상은 smiley라는 무대를 보여주었다. 아무 생각 없이 무대를 봤는데 노래도 신나고 중독성이 있어서 듣기 좋았다. 하지만 그땐 나는 노래에 관심이 전혀 없었다. 우리 가족도 잘 알고 있었다. 그런데 그 노래를 듣고 나서 음악이 좋아졌다. 그 이후로 매일 그 노래를 들었고, 자연스럽게 다른 것들도 관심이 생겼다. 최예나 4K직캠, smiley 응원법, 굿즈, 최예나 나무위키 등등 최예나라는 인물의 정보를 찾아보았다.

이어서 유튜브에 '최예나'를 검색했다. '예나는 동물탐정'이라는 영상들을 보았는데 영상이 16회나 있는 것이 아닌가? 모든 영상을 다 봤다. 다시 smiley 영상을 보는데 내가 너무 무대, 얼굴, 안무만 보는 것 같았다. smiley 노래의 가사를 보니 정말 좋은 가사였다.

I'm gonna make smile smile smile away
예쁘게 웃고 넘겨 버릴래

just smile away just smile away

아픔 슬픔 외로움 잊게

I say hey i never wanna cry cry cry all day

갑자기 눈물이 차오를 땐

just smile away just smile away

안녕이라 말할래

with my smiley face

　　정보를 찾아보니 최예나가 아이즈원이라는 그룹이었다는 걸 알게 되었다. 아까도 말했지만, 옛날엔 노래에 관심이 없어서 아이돌을 잘 몰랐었다. 아이즈원이라는 그룹을 계속 찾아보니 예능에도 많이 나왔고 무대도 정말 많았다. 계속 찾아보니 아이즈원도 좋아지기 시작하면서 나는 '위즈원'이 되었다. 그리고 최예나를 좋아하는 팬인 '지구미'도 되면서 무대에 서는 아이돌들이 좋아졌다.

　　최예나를 좋아하는 이유는 여러 가지인데 목소리가 약간 허스키한 느낌이고 말투가 어린아이 같은 게 매력적이다. 그리고 무대 안에서와 무대 밖에서의 모습이 다른 것도 좋다. 게다가 아이즈원 멤버들과 합이 정말 잘 맞아 재밌는 장면도 많이 보여준다. 하지만 아쉽게도 아이즈원은 2021년 4월 29일 해체했다.

　　나도 스스로를 한심하게 생각하는 것이, 나는 꼭 없어진 것이나 유행이 지난 것을 뒤늦게 안다는 것이다. 아이즈원이 없어진 후에 최예나는 홀로서기를 시작하고 smiley라는 노래가 나왔다. 마음이 이상했다. 아이즈원이 없어진 덕분에 smiley라는 노래가 나왔고, smiley라는 노래 덕분에 최예나라는 인물을 알게 되었으니 좋아해야 하는 건지, 슬퍼해야 하는 건지 생각하게 되었다. 어차피 아이즈원이 없어진 것은 사실이고 슬프지만, 추억 속에 둘 것이다. 물론 잊어버리진 않을 것이고 노래도 매일 들으면서.

나는 앞으로도 계속 최예나를 좋아하고, 응원하고, 노래도 많이 들을 것이다. 최예나에게 한마디! 항상 웃을 수 있는 노래 만들어 줘서 고맙고, 귀여운 얼굴 울지 말고 웃는 얼굴로 행복하게 살길 바라요. 꼭 한번 보고 싶어요!!!

## 우리에게 공부란?

공부는 행복에 도달하기 위한 수단이다. 어떤 사람은 직장을 얻고, 어떤 사람은 지식을 얻기 위해 공부한다. 나는 간호장교라는 꿈을 이루기 위해 공부하고 있다. 하지만 공부에 투자할 수 있는 시간은 그리 많지 않아서 학교가 끝나면 서너 시간 공부할 수 있다. 그래서 어떻게 하면 효율적으로 공부할까 고민해왔다.

그러던 중 학교 기술·가정 선생님 추천으로 〈나는 무조건 합격하는 공부만 한다〉라는 제목의 책을 읽어봤다. 이 책에서는 공부할 때 가장 중요한 것을 인풋과 아웃풋이라고 정리했다. 인풋에는 폴더화 레벨링, 이미징, 트리밍, 컬러링과 같은 방법이 있다. 이들 방법은 대개 머릿속에서 생각하는 공부법이다. 더욱 중요한 아웃풋에도 종류가 많다. 단권화, 요점 노트, 오답 포스트잇, 회독법. 이 중에서 나는 요점 정리 노트를 활용하는 중인데 직접 쓰는 게 금방 외워지고 보기 쉽게 정리가 된다.

인풋과 아웃풋 외에 멘탈 관리 방법을 더해 저자인 이윤규 변호사님은 사법시험에 합격하셨고, 기술·가정 선생님도 이 책을 읽고 난 후에 임용시험에 합격하셨다고 하니 앞으로 여러 방법을 적용

해 봐야겠다. 또한 인상적이었던 것은 신념이 중요하다는 것이다. 이윤규 변호사님은 시험을 준비함에 있어 '하면 된다'라는 신념이 필수 요소라고 하셨다. 동의한다. 시험뿐만 아니라 뭐든 마음가짐이 중요하기 때문이다. 사람마다 자신에게 맞는 공부법은 다르지만 공부할 마음가짐이 없으면 행동으로 옮기기도 어렵지 않을까?

"진짜 공부는 이제부터 시작이다. 행복을 위해 나는 공부를 선택했고, 그 선택에 내가 책임을 다하겠다는 태도로 해야 한다."라는 이윤규 변호사님의 말씀이 있다. 행복을 위한 수단 중에 공부를 선택했으니까 그만큼 책임감 있게 죽기 살기로 노력해야 한다는 생각이 든다.

# 은인

때는 약 10년 전 늦은 여름, 난 바다에 빠졌다. 4살이었다. 난 원래 바다 근처에 살았기 때문에 매년 여름마다 바다에 자주 갔다. 하지만 그해 여름이 한창일 때, 왜인지 모르게 바다를 가지 못했다. 대신에 늦은 여름에 이모네 가족과 바다에 갔다. 그때는 늦은 여름이었는데도 사람이 굉장히 많았다. 그렇기에 나와 누나들, 동생은 살짝 수심이 낮았지만 내 머리가 나올 정도에 곳에서 놀았다. 대신 수심이 낮았기 때문에 튜브가 필요했다. 하지만 튜브는 한 개밖에 없어 네 명이서 한 번씩 시간을 정해 탔다. 하지만 나는 천방지축, 위험을 좋아하는 최호인. 역시 기대를 저버리지 않고 그대로 더 깊은 곳으로 달려갔다. 하지만 난 수영도 못 하고 키조차도 굉장히 작은 아이였다.

뭐 당연한 결과지만 난 물에 빠졌다. 난 눈에 물이 들어가면 눈이 따갑다는 걸 알기 때문에 필사적으로 눈을 막으려고 손으로는 눈을 막았고 수면 위로 올라가기 위한 발버둥을 쳤다. 하지만 더 깊은 곳으로 빠질 뿐 아무런 효과가 없었다. 이대로 약 30~60초가량 허우적거리고 있을 때 누군가가 내 어깨를 잡았다. 그렇다.

누군가 나를 구하러 온 것이다. 정말 눈물 나는 순간이었다. 나는 마치 100년을 물에서만 산 물귀신처럼 그 사람을 있는 힘껏 끌어 당겼다. 그때처럼 힘을 써본 적이 없을 만큼 남아있던 모든 힘을 사용해 당겼다. 잠시 주춤하던 그 사람은 열심히 헤엄을 쳤다. 내가 끌려가기 시작했다. 조금 느릴 뿐 그렇게 약 1분 후 난 세상을 보았다. 얼마나 오랜 시간 바닷속에 있었으면 세상은 정말 까맣게 보였고 머리가 아파 소리도 잘 들리지 않았다. 그때 흐리게 목소리가 들려왔다.

"수영을 못 하니?"

나는 그렇다 했다. 그 사람은 나에게 수영을 가르쳐줬다. 그 뒤로 그 사람을 단 한 번도 못 만났다. 솔직히 지금 마음 같아서는 불러와서 식사라도 대접해 드리고 싶다. 혹시 그분께서 이 글을 보고 있다면 choihoin0501@gmail.com으로 메시지 바랍니다.

## 날 바꿔놓은 아이

"건우야 같이 놀자."

"그래!"

초등학교 입학 후 친구들과 친해져서 같이 보드게임을 하고 장난도 많이 치고 그랬다. 어쩌다 애들이 나를 화나게 했을 때는 화도 내고 싸움까지 간 적도 있다. 싸움을 하고 난 뒤엔 좀 어색해지기도 했다. 친구들 사이에서 흔히 있을 수 있는 일이었다.

그러던 어느 날 2학기쯤 되었을 때 그 친구가 전학을 왔다. 그 친구는 나에게 와서 니킥을 했다. 처음에는 처음 온 친구여서 화를 참았다. 하지만 그 친구는 계속해서 니킥을 하거나 장난을 걸었다. 화가 나서 그 친구에게 화를 냈다. 마음속으로 '이제는 안 하겠지'라는 생각을 하면서 안심이 되었지만, 한편으로는 '너무 심하게 했나'라는 생각도 들었다.

다음 날이 되었다. 하지만 그 아이는 달라지지 않았다. 계속해서 하지 말라고 말했지만, 그 아이의 장난은 내가 졸업하기 전까지 계속되었다.

2학년 때였다. 호인이가 선풍기를 켜려고 책상에 올라갔다. 그때 그 친구가 호인이를 놀라게 해서 호인이가 바닥으로 떨어졌다. 호인이는 화가 나 그 친구를 때리려고 했다. 난 그걸 보고 호인이를 말리려고 했는데 감당이 안 되어서 그 친구를 내보내고 호인이를 진정시켰다. 하지만 그 일이 있고 나서도 그 친구는 달라진 것이 없었다.

5학년쯤 진심으로 네가 장난하는 게 화가 많이 난다, 그만해주면 안 되냐고 했지만, 그 친구는 알았다고만 하고 장난을 계속했다. 가끔은 내가 그 아이를 도와주었던 기억이 있고 잘해줬던 기억이 있는데 그 친구는 한결같이 우리를 괴롭게 했다.

이제 6학년 졸업 날이 다가온다. 내가 뭘 잘못했을까, 곰곰이 생각을 해보았다. 하지만 난 잘못한 게 없다. 나는 이제 알았다. 화를 내도 달라지는 것이 없다는 것을…. 그 친구와의 일 때문에 (그 친구 덕분에라면 덕분에고 때문이라면 때문에) 화를 내도 상황이 달라질 것은 없다는 걸 알게 되었고, 화를 참는 지금의 내가 되었다.

## 무채색

난 무채색 옷을 입는다. 무채색 옷은 눈에 잘 띄지 않는다. 나도 눈에 띄지 않는다. 하지만 눈에 띈 적이 있다. 더운 여름이었다. 그날은 보통날과는 좀 색다른 날이었다. 아침에 눈이 잘 떠지고 기분도 좋았다. 교복을 입지 않아도 되었고, 일상복을 입을 수 있는 날이었다. 그리고 난 다른 옷을 입지 않았던 그날은 나에게 큰 후회만 남았다.

"오늘 현장 체험학습 기대된다."

즐거운 체험학습이 기다리고 있었다.

'음… 무슨 옷 입지? 모르겠다. 그냥 아무거나 입어야지.'

그리고 난 아무 생각 없이 즐거운 마음으로 학교에 갔다. 그 후 학교에서 버스를 타고 체험학습 장소로 이동하는 중이었다. 친구 중 한 명이 말했다.

"야, 너 옷이 무슨 아저씨들이 입는 산악회 옷 같냐?"

그 말을 듣고 난 생각했다.

'내가 무슨 옷을 입었더라……'

그날 입은 옷은 빨간색, 파란색, 초록색 등 색들이 서로 대비를 이루고 있었다. 검은색들 속에 하얀색 점과 같은 존재가 되게끔 만들어 주는 옷이었다. 이것이 바로 '알로록 달로록 등산 동호회' 사건의 시초였다. 옷은 너무 눈에 띄었고, 부끄러움은 온전히 내 몫이었다. 계속 머릿속에서는 내 선택을 후회하였고, 겉으로는 괜찮은 척 행동하며 시간이 지날 때마다 부끄러움은 점점 나를 집어삼켰다. 현장 체험학습을 하면서 즐거움보다는 사람들의 시선에 대한 걱정이 컸다.

'아, 내가 왜 이런 옷을 입었지?'

똑같은 생각이 뇌에 맴돌며 박혀버렸다. 눈은 주변을 계속해서 살피며 긴장을 늦추지 않았고, 내 온몸은 경계 상태가 되었다. 1분 1초가 느리게 흐르고 아침의 설렘은 사라진 채 체험학습이 끝나기만을 기다리게 되었다. 끝을 알리는 버스 승차 시간만을 기다리며 난 계속 긴장을 멈추지 못했다. 버스에 타고 나서야 끝나지 않을 듯한 긴장이 한순간에 풀리며 난 다짐하고 또 다짐했다.

그리고 난 무채색 옷을 입는다.

# 싸움

4학년 겨울방학이었다. 여느 때와 같이 TV를 시청하며 여가시간을 보내고 있었는데 그때 아버지가 안마를 끝마치고 나에게 다가오셨다.

"넌 왜 이렇게 몸이 안 좋냐?"

아버지는 그렇게 말씀하시며 나에게 운동을 권하셨다. 나는 싫었다. 그러나 나는 "알겠어요"라고 대답해 버렸다. 그리고 나서 나는 샤워를 하려고 거울을 보았는데 나의 몸이 볼품이 없다는 생각이 들었다. 근육량과 골격근량이 확연히 안 좋아 보였다. 특히 내 팔뚝은 너무나도 얇았다. 그리고 어깨도 좁았다. 아버지는 말대로 운동을 하면 과연 몸이 좋아질까? 하는 기대와 운동을 해도 변하지 않으면 어떡하지? 하는 걱정이 동시에 들었다. 두 마음 중 나는 '못할 것 같아'라는 생각이 앞섰다. 어차피 또 포기할 거라는 걸 알고 있었다. 포기하면 아버지가 실망하실 텐데……. 나는 처음에 무언가 시작할 때마다 망설이게 되는 것 같다. 그래도 나는 아버지의 뜻에 따라 운동을 시작했다.

그러나 여전히 운동을 하기는 싫었다. 포기하고 싶었다. 그래도 나는 아버지와의 약속을 지킬 수밖에 없었다. 어느 순간 이제는 나와의 싸움이 되어버린 것 같았다. 나는 나와의 싸움에서 이기고 싶었다. 그전에는 한 번도 나를 이겨낸 적이 없었다. 그래서 또 질 것 같다는 생각에 겁을 먹었던 것이다. 그러나 나 자신을 이겨보겠다는 다짐과 아버지의 조언과 격려를 통해 나는 나와의 싸움에서 처음으로 가능성을 발견했다. 결국 나는 포기하지 않고 지금도 꾸준히 운동을 하고 있다.

## 유치원 시절

유치원 시절을 생각했을 때 가장 먼저 떠오르는 사람은 민준이다. 민준이는 내가 유치원 때 좋아했던 아이다. 5살이면 어린 나이이기 때문에 유치원에 가기 싫어서 엄마에게 짜증도 부리고 문어처럼 흐물흐물거리기도 했다. 좋아하는 사람이 생긴 이후로는 그아이가 보고 싶어서 주말에도 유치원에 가고 싶어 했다. 기다리던 월요일이 오면 자리에 앉을 때 매일같이 민준이 옆에 앉았다. 쉬는 시간에도 항상 옆에 붙어있고 매일 말도 걸었지만, 민준이가 나를 좋아한다는 생각은 별로 들지 않았다.

민준이가 나를 좋아하지 않는 것처럼 느껴졌지만 민준이만 바라봤던 이유는 첫눈에 반했기 때문일 것이다. 그건 처음 유치원에 갔을 때부터이다. 유치원에 갔을 때 처음 민준이를 보고 너무 귀엽게 생겨서 계속 눈길이 갔다. 그 이후로 계속 관심을 갖다가 모둠을 정할 때 내가 제일 바라던 민준이와 같은 모둠이 됐다. 모둠 활동은 식물을 관찰하는 것이었다. 우리는 식물을 관찰하기 위해 밖으로 나갔다. 나는 아주 예쁜 꽃을 찾아서 관찰하고 싶었지만, 아무리 찾아도 내가 생각하던 예쁜 꽃은 없었다. 실망스러운 마음을 간직한 채 꽃을 찾는 것은 미뤄두고 미끄럼틀을 탔다. 미끄럼틀을 타며 놀고 있을 때 민준이가 저 멀리서 핑크색 꽃을 들고 뛰어오는 것이 보였다. 내가 찾던 그 예쁜 꽃이었다.

꽃이 너무 예뻐서 그 꽃을 관찰하기로 했다. 꽃을 관찰하며 종이에 열심히 글을 썼다. 이런 일은 더 많이 있었다. 내가 점심시간에 선생님과 이야기하느라 시간이 늦어져서 급식을 못 받았을 때는 민준이가 내 급식을 대신 받아주었던 일도 있었다. 민준이는 배려만 해준 것이 아니라 내가 슬플 때면 위로도 해주었다. 그 배려와 위로가 좋아서 계속 민준이를 좋아했던 것 같다.

문제는 내가 민준이를 좋아할 때 나 말고도 민준이를 좋아하던 애가 있었다는 사실이다. 그 아이의 이름은 지민이었다. 모둠을 정할 때도 지민이는 민준이와 함께하고 싶어 했다. 지민이도 내가 민준이를 좋아하는 것을 알았다. 그래서 가끔 애들과 장난감으로 놀 때마다 지민이와 나는 같이 소꿉놀이를 하지 않았다. 서로가 서로를 싫어했다. 가끔 같이 놀기도 하고 어찌 보면 꽤나 친한 사이였지만, 지민이는 민준이와 있고 싶어 했고, 나도 민준이와 있고 싶어 했기 때문에 지민이와 나는 매일 싸웠다. 매일 싸우다가 초등학교에 입학했다.

반에 들어가니 선생님과 친구들이 보였다. 내 자리로 가서 앉으니 익숙한 뒷모습이 내 앞에 있었다. 설마… 하며 앉아있었다. 친구들이 자기소개를 할 때 들어보니 정말 내가 생각하던 지민이가 맞았다. 지민이는 항상 민준이 얘기를 했지만 입학하고 난 뒤에 얘기를 잘 꺼내지 않았다. 그래서일까, 입학하고 나서는 지민이와 싸웠던 일은 거의 없었다. 지민이와 지내면서 자연스럽게 민준이가 떠올라 보고 싶었지만, 그 아이는 보이지 않았다. 그 아이의 반에 찾아가 보았지만 민준이는 반에 있지 않았다. 아파서인지, 전학을 간 건지 물어보아도 딱히 아는 사람이 없었다. 민준이가 눈앞에서 사라지자 결국엔 점차 좋아하는 마음이 시들해져 갔다.

민준이가 어떻게 지내는지 모르는 채로 나는 2학년이 됐고, 곧이어 전학을 가게 되었다. 그날로 학교에서 보이지 않던 민준이를 다시는 볼 수 없었다. 유치원 졸업 앨범과 입학 앨범에 그 어디에도 찾을 수 없었던 민준이, 민준이가 너무 그립다.

# 선택

6학년 초 나는 한 가지 고민이 있었다. 그건 바로 '운동을 해야 하는가?'이다.

6학년이라면 중학교에 가기 전 진짜 결정을 내려야 할 때였다. 내 주변에서 운동을 중학교 때 그만둔 형이 있었는데 그 형은 공부가 늦어서 원하는 고등학교를 들어갈 수가 없다고 했다. 나는 진지하게 중학교 때도 운동을 이어가는 걸 고민했다. 뭐 결론적으로는 그만두긴 했지만 그만둔 데에는 여러 이유가 있다.

첫 번째로는 애매한 재능이다. 나는 운동을 잘하는 것도 못하는 것도 아니었다. 나랑 실력이 비슷했던 친구들은 다들 하루가 다르게 실력을 키워가는데 나는 일정 수준에서부터 더는 실력이 늘지 않았다. 내 주변 나랑 비슷했던 친구들은 약간씩 놀면서 쉬엄쉬엄 해도 나보다 더 잘했다. 나는 친구들보다 열심히 했지만, 실력 면에서 점점 친구들과 나는 격차가 벌어졌다. 그때 느낀 열등감이 운동을 그만둔 계기가 된 것 같다.

두 번째로는 압박감 때문이다. 6학년쯤 되면 누구나 진로에 대해 한 번쯤을 생각해 봤을 것이다. 중학교 때는 운동의 난이도와 공부의 난이도가 동시에 확 올라가기 때문에 하나만 선택해야 하는 상황이 온다. 나는 우선 가족들에게 물어보았다. 엄마는 네가 진심으로 하고 싶다면 하라고 하고 아빠는 운동을 반대하셨다. 정확히는 아빠는 좋은 고등학교를 들어갔으면 좋겠다고 하셨다. 그리고 오랜 고민 끝에 운동을 그만두기로 결정했다.

사실 그만두는 것도 눈치가 보였다. 왜냐하면 내 또래들은 모두 중학교 때도 운동을 하겠다고 선언해 버렸기 때문이다. 중학교에 들어가려면 원서를 써야 하는데 원서를 미리 써버리고 운동부 감독님께 전달했다. 감독님이랑 나는 서로 아무 말도 안 했다.

# 기회

때는 1월 말, 호기심으로 시작한 게임이 내게 기회를 주었다. 어느덧 시작한 지 1년이 되어가는 이 게임은 내 인생이 바뀔 수 있게 도와주고 있다. 취미로 시작한 것이, 돌아보니 생각보다 높은 자리에 올라와 있었다. 나는 이걸 발판을 삼아 녹화도 시작하고, 하이라이트를 모아 SNS에 올리고 있다. 그리고, 내 한계를 시험해 보기로 결심했다. 이보다 더욱 높은 목표를 잡아두고, 그걸 달성하면 더 높은 목표를 잡아 나를 시험하며, 내가 이 게임으로 한 줄기의 빛을 볼 수 있을지 테스트하고 있다. 물론 아직 멀었지만 나는 아직 나를 시험하고 있고, 많은 목표를 달성했다.

1월로 돌아가 보자면, 나는 아버지의 도움으로 고사양의 컴퓨터를 얻었다. 그로 인해 평소 사양이 부족해 즐기지 못했던 게임을 설치해 취미로 해보기로 마음먹고, 게임을 설치했다. 이 게임을 하면서, 첫 나의 우상은 다름 아닌 친구인 건우다. 의외일 수도 있지만 생각보다 단순하다. 그 이유는, 나보다 이 게임을 더 일찍 시작한 건우가 내가 처음에 바라던 유저들의 평균 티어 정도였다. 건우를 우상으로 삼고, 3개월 정도 열심히 했는데, 건우와 같이 게임을 할 수 있는 수준까지 올라왔다. 물론 건우도 성장했다. 하지만 내가 생각보다 빠른 속도로 수준을 키워 건우와 함께 할 수 있었다.

이때부터 시작이었다. 나는 6개월의 시간 동안 우상이었던 친구와 함께했더니 건우보다 아주 조금 모자란 수준까지 올라와 버린 것이다. 그렇게 나는 그때부터 지금까지 약 3개월 동안 건우와 동급 혹은 그 이상까지 올라왔다.

약 11개월 동안 한 지금, 솔직하게 만족할 만큼의 큰 보람이 없었다. 앞서 말한 내용을 보면 내가 대단한 업적을 달성한 것처럼 보이지만, 그건 아니다. 사실 내가 속해 있는 티어는 게임 유저 중에 제일 분포율이 높은 '다이아' 티어이다. 물론 평균 유저보다 높은 곳에 속해 있는 것은 맞지만, 빛을 보기엔 아직도 수많은 벽이 남아있다. 하지만 여기서 열심히 하면 낮은 확률로 빛을 볼 수 있을 것 같다. 그래서 현재 학교를 다녀오고, 게임을 하고, 잔다. 그리고 중간중간 밥만 먹는 것이 내 일상이다. 프로게이머라는 직업이, 수명이 긴 직업도 아니고, 상위 1% 이하로 들어가야 하는 매우 힘든 직업이지만, 포기는 배추 셀 때나 하는 말이라는 이야기도 있듯이, 나는 프로게이머로 성공할 수 있는 남은 3년의 시간을 절대 포기하지 않을 것이다. 그리고 이 세상에 있는 꿈을 이루고자 하루하루 열심히 생활하고 있는 모든 이들에게 응원의 메시지를 보내고 싶다.

## 추억이 담긴 상자 하나

내 방 컴퓨터가 있는 책상 밑에는 내 추억을 담은 상자 하나가 있다. 어릴 때 입던 옷, 유치, 모자, 탯줄 등이 있는데 내가 썩 좋아하지 않는 반지가 하나 있다. 난 반지를 볼 때면 심장이 작아지고 꽉 막힌 것만 같은 기분이 든다.

때는 내가 2살 때일 것이다. 내 할머니는 항상 나를 좋아하셨고, 한 번씩 우리 집에 놀러 오실 때면 엄마보다도 나와 더 자주 있어 줬고 엄마보다도 더 잘 봤다고 들었다. 하지만 이렇게 잘 지냈지만 할머니의 연세가 있다 보니 췌장암 3기 판정을 받으셨다. 칠십이 넘는 연세에 췌장암 3기 판정은 사실상 시한부 판정이나 다름없었다. 할머니도 이걸 깨달으셨는지 요양원에 가지 않으셨다. 아프신데도 우리 집에 오셔 나를 계속 돌보셨다. 엄마가 계속 말리셨지만, 할머니는 아랑곳하지 않으시고 나를 더 따뜻하게 돌보셨다. 이 때문인지 할머니의 암은 더 악화되었다. 이때는 정말 불안하다 싶어 모든 친가 식구들이 인천으로 가서 사진도 찍고 놀고 또 놀았다.

할머니에게는 금반지가 있었는데 이것을 어떻게 처리할지 고민이 있으셨던 것 같다. 결국 할머니는 혼자서 집을 나가 금방에 가서 그 큰 금반지를 반으로 갈라 반지 두 개를 만드셨다. 이 반지는 친가 식구 중 가장 어렸던 나와, 나의 사촌에게 하나씩 갔다.

나는 사실 이 반지를 좋아하지 않는다. 난 할머니가 파시고 좋은 음식 하나라도 더 드셨다면 더 행복하셨을 텐데 하는 생각에 반지도 할머니도 원망스럽다. 그렇지만 나를 생각하셔서 특별히 주신 거니까 난 슬플 때 반지를 꺼내 본다. 지금은 엄마에게도 아빠에게도 느끼지 못하는, 무조건적으로 계속 받아주는 사랑을 느낄 수 있는 그 반지를 꺼내보며 운다.

## '어느 날 아침'을 읽고

'어느 날 아침'은 하루아침에 뿔이 사라져버린 사슴 이야기를 다루고 있다. '사슴' 하면 어떤 이미지가 떠오르는가? 멋진 뿔이 생각날 수도 있다. 아니면 아름다운 갈색 털을 상상할지도 모른다. 중요한 것은 무엇을 떠올렸든 우리가 관심 갖는 것은 사슴의 화려한 겉모습이라는 사실이다.

이야기 속 사슴은 자신에게 가장 소중한 뿔이 사라져 그것을 찾기 위해 여행을 떠났다. 한쪽만 달린 뿔로 인해 비틀거리며 걷던 중 개미핥기를 만났다. 개미핥기는 자신도 물건을 잃어버린 적이 있다며 나뭇가지 뿔을 선물해 주었고, 그 뒤로 사슴은 물에 빠진 쥐토끼를 만나게 되었다. 사슴은 쥐토끼를 구해줬고, 쥐토끼의 경험이 담긴 위로를 건네받았다. 이 친구들의 공통점은 무엇일까? 다들 물건을 잃어버린 경험을 했다는 점과 서로 그 아픔을 딛고 다른 사람의 위로가 되어준다는 것이다.

사슴이 개미핥기와 쥐토끼 마지막으로 달을 만났지만, 뿔은 결국 찾지 못한 채 집으로 돌아온다. 아무것도 되찾지 못한 것처럼 보이지만 사슴은 달라져 있었다. 사슴이 다른 사람의 마음을 공감해 주는 마음을 배웠기 때문이다. 이러한 사실은 달의 반쪽이 사라졌을 때 사슴이 달을 만난 장면에서 알 수 있다. 사슴은 개미핥기가 준 나뭇가지 뿔을 고정해주던 두건을 더 이상 녹지 말라는 듯 달에게 감아주었다. 사슴은 그냥 지나칠 수도 있었지만, 자신과 비슷한 경험을 하는 달을 보고 힘내라고 말해줬고 그 아픔을 공감한다는 듯 도움도 주었다.

이야기의 마지막 부분을 보면 뿔이 조금 자란 사슴이 보인다. 하지만 더 많이 달라진 것은 외모가 아닌 내면이다. 내면의 뿔이 점점 자라나게 된 것이다. 나는 이 책을 보고 겉모습보단 내면의 모습을 키워야 한다는 걸 느꼈다. 요즘 겉모습만 중요하게 보는 곳들이 점점 많아지고 있다. 그리고 아직 내면의 뿔이 덜 자란 사슴들이 서로를 이해하지 못하고 욕하는 모습도 보인다. 이럴 때일수록 내면의 뿔을 더 키워나가며 다른 사람을 이해하려고 노력해야 겠다. 이 글을 읽고 있는 당신도 혹시 내면의 뿔이 아직 자라고 있진 않을까, 생각해 보았으면 좋겠다.

## 과거로 돌아간다면

만약에 자기 자신이 원하는 시점으로 돌아갈 수 있다면 언제로 돌아갈 건가? 내가 나에게 이 질문을 던진 것은 얼마 되지 않았다. 중학교에 올라온 뒤 나는 많은 생각을 했다. 앞으로 어떻게 생활할지와 같은 미래에 대한 걱정도 있었지만, 과거에 관한 생각이 자주 떠올랐다. 그중에서 제일 많이 생각한 건 '과거로 돌아간다면'이었다.

만일 내가 돌아가 나의 실수를 고칠 수 있다면? 내가 다시 선택을 해 또 다른 삶을 살아볼 수 있다면? 나는 이 생각을 하며 답을 생각했다. 나는 점점 늘어가는 과목과 올라가는 학습 난도에 예전이 훨씬 더 좋았다는 생각이 들었다. 나는 영어를, 문법하고 단어 외우고 해석하고를 계속 반복했다. 그러다 보니 매너리즘에 빠지기도 했다. 때로는 자책하면서 영어 공부를 했다.(하던 책을 다하고 새로운 책을 나가니 조금씩은 해소되긴 했다만.) 공부를 하면 할수록 어려워지고 내 실력은 불안불안한 탑처럼 쌓여 있고 이러다가 진짜 갑자기 다 무너지면 어떡하나 하는 생각도 들고. 그럴 때마다 예전에 좀 잘했을 때를 떠올리며 자기 위안을 했다.

그러다가 단 한 번 질문을 던졌다. 계속 과거만 생각해야 하나? 내가 열심히 하면 예전처럼 할 수 있는 거 아닌가? 그런 생각을 하니 계속 이렇게 있을 수는 없다고 느꼈다. 그렇게 나는 과거에서 벗어나고 과거보다는 현재를 바라보며 살아가기로 했다.

## 아이러니

태안의 안흥은 바다가 있는 항구마을이다. 이 마을 사람들은 횟집을 하거나 낚싯배를 운영한다. 또 갯벌에 가서 조개, 굴 등을 양식해 파는 일을 하기도 한다. 그중에서도 우리 부모님은 횟집을 하신다.

사람들은 내가 안흥에 산다고 하면 회나 생선을 많이 먹을 거라고 생각한다. 하지만 나는 생선을 먹지 못한다. 어려서부터 생선을 먹으면 입 안이 간지러워서 잘 먹지 못했다. 나에게는 생선 알레르기가 있었던 것이다. 나의 부모님은 횟집을 하시지만 나는 생선을 잘 먹지 못하다니, 참 아이러니한 일이다.

## 행복한 삶

돈을 위해 일하는 사람의 비율이 54.1%나 된다고 한다. 그만큼 돈을 위한 삶을 사는 사람이 너무 많다. 그런데 정말 돈을 위한 삶이 의미가 있고 행복한 삶인 것일까? 난 아니라고 생각한다. 돈을 위해 학원을 다니고, 재수를 하고 얼마나 힘들까? 심지어 돈이 많은 배우 유아인도 자신은 돈이 많지만, 행복하지 않다고 했다.

방금도 말했듯이 돈을 위해 학원을 다니거나 하는 사람은 너무 많다. 학원을 다니는 이 많은 사람들 중 일반 수학, 영어 학원을 다니는 사람은 68.5%다. 부모의 뜻에 의해 꼭두각시처럼 움직이는 기계 같은 사람이 많다. 그런데 이렇게 부모님의 뜻대로 돈을 위해 공부하면 어쩌면 더 힘들어질지도 모른다. 왜냐하면 자신한테 흥미도, 재능도 없는 그 분야만 판다면, 더 하기 싫어질 테고 재능도 없으니 자기가 재능있는 분야를 했으면 더 잘될 수 있는데… 이렇게 되면 오히려 역효과가 나올지 모른다.

이렇게 역효과가 나지 않도록 방지해야 한다. 내가 생각하는 방지하는 법은 목표를 정하는 것이다. 만약 자기가 좋아하고 잘하는 분야에 목표를 둔다면 좋아하니까 더 흥미가 생길 테고 잘하니까 조금만 더 한다면 그 분야에 최고가 될지도 모른다. 이렇게 자기가 원하는 목표를 정리해서 부모님께 말한다면 그걸 인정하고 더 지원해 주실지도 모른다. 그렇기에 우린 목표를 정해야 한다고 생각한다.

## 죽을 뻔한 순간

누구나 한 번씩 죽을 뻔한 순간이 있다. 나에게도 그러한 경험이 있다.

첫 번째, 계단에서 떨어져 죽을 뻔한 적이 있다. 그 당시 우리집 입구에는 돌계단이 있었다. 그날, 어머니가 앞에 있는 슈퍼에가서 아이스크림을 사 오라고 하셨고, 나는 그 돌계단을 내려가다가 발을 접질리면서 굴렀다. 열 계단을 구르고 돌밭으로 떨어지려고 할 때 다행히 그곳을 지나가던 아버지가 나를 잡으셨다. 아버지는 손님에게 회를 전달 중이었는데, 우연히 계단에서 구르고 있는나를 구하셨다. 아버지는 예전에 합기도를 배우셔서 운동 신경이좋으셨기 때문에 나를 잡으신 것 같다. 아버지는 깜짝 놀라셨고, 나에게 괜찮으냐고 물어보았다. 나는 너무 무서워서 손이 떨렸다. 그렇게 병원으로 가 진찰을 받았는데 다행히 머리에는 이상이 없었다.

두 번째 사건은 4학년 때의 일이다. 아침에 일어나 보니 배가너무나도 아팠다. 어릴 때는 배탈이 많이 나서 '아, 배탈인가 보다' 하면서 밥을 먹으러 내려갔다. 밥을 먹다가 누구보다 빠르게 화장실로 달려갔다. 할아버지는 내가 맹장염에 걸린 것 같다고, 병원에 가자고 하셨다. 나는 너무 아파서 말도 안 나왔다. 그렇게 나는 할아버지의 차를 타고 서산 응급실로 갔다. 의사 선생님이 맹장염이라고 하셨다.

"나 수술하기 싫어."

수술하기 싫다고 의사 선생님이랑 할아버지에게 말을 했다.

"수술 안 하면 죽어."

의사 선생님은 나에게 겁을 주셨다. 죽는다는 말이 무서워서 결국 수술을 결정하였다. 수술실에 들어갈 때 너무 떨려서 입이 덜덜 떨렸다. 의사 선생님이 "잘 자요"라고 말을 건네고, 다시 눈을 떠보니 수술은 끝나있었다. 오른쪽에 앉아계시던 어머니가 나를 안쓰럽게 바라보셨다. 원래는 무통 주사를 맞아야 했는데 내가 무통 주사를 맞으면 토를 해서 맞지 못했다. 아픈 걸 억제해 주는 주사를 맞지 못한 탓에 나는 아픔을 그대로 견디면서 퇴원했다.

두 번의 위험한 사건을 겪었지만, 그때마다 나를 도와준 분들이 있었다. 첫 번째 사건은 아버지가 나에게 도움을 주셨고, 두 번째 사건은 할아버지의 도움으로 살았다. 지금 생각해도 아찔한 사건들이었는데 지금 잘 살아있으니깐 다행이다.

# 롤 용어 백과

롤을 처음 하는 사람이나 보는 사람이면 무슨 이야기를 하는데 그 말을 이해하지 못할 때가 있을 것이다. 그런 사람들을 위한 백과, 이것만 읽으면 당신도 이해할 수 있다.

첫 번째 용어는 cs(미니언)이다. cs는 게임 시작 1분 5초 후 나오며 근거리 미니언 3, 원거리 미니언 3이 나온다. 전사 미니언은 잡으면 경험치 60골드 21을 준다. 원거리 미니언은 경험치 29와 골드 14를 준다. 또 게임 2분 5초에 처음 나오는 공성 미니언(대포 미니언)이 있는데, 이는 경험치 93, 골드 60을 준다. 또한 대포 미니언은 시간이 지날수록 골드를 더 준다.

두 번째 용어는 라인이다. 라인은 탑 미드 정글 원딜 서폿으로 나뉘며, 탑은 탑, 미드, 바텀 라인 중 탑 라인을 가며 맵에서 가장 긴 라인 중 하나이다. 미드는 가운데 라인이며, 길이가 가장 짧다. 바텀은 원딜과 서폿 두 명이 가며 탑 라인과 길이가 같지만 원딜과 서폿 둘이 가기에 길이가 상관이 없다. 정글은 맵에 있는 정글 몹을 잡으며 성장하고 갱을 다닌다.

세 번째 용어는 템트리이다. 템트리는 아이템의 조합이다. 템트리는 그 캐릭터에 맞는 아이템을 가는 게 대부분이다.

네 번째는 갱이다. 갱은 정글이 정글몹을 다 잡고 3랩쯤에 다른 라인을 도와주러 가는 행동이다. 예시로 만약에 미드 라이너 A가 적팀을 잡을 수는 있는데 두 명이어야 할 때 도움을 요청한다. 그러면 정글러 B는 적당한 각을 봐서 A를 도와주러 가는 것이다.

다섯 번째, 로밍은 다른 라인이 또 다른 라인을 도와주러 가는 행동이다.

여섯 번째 용어는 카정(카운터 정글)이다. 카정은 우리 팀 정글이 다른 팀 정글에 들어가서 적팀 정글의 성장을 방해하는 행위이다. 예를 들어 만약에 우리 팀 정글이 우리 팀 정글몹을 다 잡은 뒤에 우리 팀 라이너들이 라인에서 압박을 하고 있을 때 상대의 움직임을 예측해서 상대 정글로 들어간 뒤 정글몹을 뺏거나 몰래 먹는 행위이다.

일곱 번째 용어는 인베(인베이드)이다. 이는 말 그대로 초반에 상대편 정글로 쳐들어가는 행위이다. 예를 들자면, 정글몹이 나오기 전에 팀원(주로 미드 정글 바텀)끼리 모여서 적팀 정글로 들어가 상대 팀을 방해하는 것이다.

여덟 번째는 다이브다. 다이브는 상대방이 피가 없어 타워와 붙어있는 상황(타워 허깅이라고 한다)에서 타워 안에 진입해 그 적을 잡는 행위이다. 만약에 타워 허깅을 하고 있는 적 A가 있는데 내가 그 적을 타워 안으로 들어가 잡고 나오는 상황이다.(다 한 뒤에 자신도 죽을 수 있으니 조심!!!)

아홉 번째는 15ㄱㄱ이다. 롤에는 서렌(항복) 기능이 있다. 이 기능은 15분에서 20분, 30분까지 있다. 15ㄱㄱ는 15분에 항복하자는 뜻이다. 만일 우리 팀 대부분이 못 성장했거나, 한 명이 포기할 때, 외치거나 채팅으로 말한다. 하지만 15서렌은 한 명만 반대해도 항복이 되지 않고, 20분 서렌에는 4명만 동의해도 된다.

열 번째는 딜교다. 딜교는 서로서로 딜을 교환한다는 것으로 서로서로 자잘자잘하게 싸운다고 이해하면 쉽다. 예시로 내가 탑이면 적절히 스킬과 평타를 섞어서(적팀도 마찬가지) 서로를 때린다. 또한 딜교를 할 때는 상대방의 스킬 쿨타임이나 스킬에 대한 이해도가 높을수록 잘할 수 있다.(물론 손도 따라줘야 한다.)

열한 번째는 백도어이다. 백도어는 주로 우리 팀과 적팀 진영이 대치하고 있어서 상대 팀이 한눈 팔렸을 때 혼자 타워를 미는 행위이다. 예시로는 적팀 A 진영과 우리 팀 B 진영이 대치할 때 내가 탑 라인을 가서 타워를 미는 상황이 있다.(잘못하다가는 팀에게 온갖 욕이란 욕은 다 들을 수 있다.)

열두 번째 용어는 스펠이다. 스펠(소환사 주문)은 일반적인 주문 점화, 탈진, 점멸, 유체화, 회복, 정화, 텔레포트, 강타 그리고 칼바람 나락에서만 사용할 수 있는 총명, 눈덩이가 있다.

열여섯 번째는 스왑이다. 스왑은 서로 사인을 바꾼다는 용어로 주로 자기 자신이 못 컸거나 상성이 안 좋을 때 말하거나 자기 자신의 주 라인이 안 걸리는 것을 말한다. 예시로 만일 자신이 적과 상성이 안 좋은 카운터를 만나서(정글 제외) 탑과 라인을 바꾸는 상황이 있다.

열일곱 번째는 리쉬다. 리쉬는 우리 팀 정글이 1렙에 정글몹을 잡는 걸 도와주는 행위이다. 리쉬는(내 경험상) 정글몹을 약 600~700체력 사이까지 같이 깎아준다. 하지만 상대가 인베를 들어올 것 같을 때 역법(역버프)로 반대편 정글로 가서 잡는 상황도 있다.

백과는 여기서 마치도록 하겠다. 이 글을 읽고 게임을 하거나 시청할 때 도움이 되길 바란다.

## 인상적인 경험

8살 때 가장 인상적인 경험은 명치를 맞았던 경험이다. 구체적으로 기억이 나지는 않지만, 관자 돌리기(?)라는 장난을 친구에게 걸었다. 주먹을 쥐고 상대방의 머리를 누르는 장난이었다. 그러자 친구가 내 옆으로 오더니 명치를 세게 쳤고, 내가 울어서 그 아이가 선생님에게 혼났다. 그래서 미안했다.

12살 때 유리를 깬 적이 있다. 형이 나를 때리고 화장실로 도망가는데 그때 형이 문을 세게 닫았다. 너무 짜증이 나서 주먹을 날렸는데 하필이면 문에 있던 유리가 깨졌다. 혼날 줄 알았지만, 생각 외로 부모님이 내 걱정을 해주셔서 감동 받은 기억이 있다.

13살 때 장염에 걸렸지만 참았다. 경주로 수학여행을 갔는데 원인을 알 수 없는 장염에 걸렸다. 하지만 나는 바로 선생님에게 말하지 않고 이틀 동안 밥을 먹고 아픈 것도 참았다. 결국 선생님이 어디 아프냐고 해서 배가 아프다고 했다. 그 뒤로 병원에 가 진단을 받아보니 장염이라 했다. 부모님을 힘들게 해서 죄송하다는 생각이 들었다. 지금 보니 인상 깊었던 사건이 대부분 내가 잘못해서 생긴 일이라는 걸 알게 되었다. 미안하고 죄송하다는 말을 하고 싶다.

한번은 이런 꿈을 꾼 적이 있다. 잠을 잘 때 갑자기 악당이 나와서 내가 처리했다. 기분이 좋았다가 갑자기 옆을 보니 내 몸이랑 형의 몸이 보였다. 그러자 나는 머릿속에서 뇌 정지가 왔다. 근데 눈을 깜박이니 절벽에 서 있었다. 옆을 보니 내 심장이 있었다. 그때 누군가 뛰어내리라고 한다. 이렇게 높은 곳에서는 무서워서 뛰기 싫다고 말했다. 그때 잠에서 깨어났다. 난 그 여파로 그 꿈이 무엇인지 인터넷을 통해 계속 찾아봤다. 하지만 무슨 뜻인지 지금까지 모르겠다.

# 공부의 신

대한민국 취업에서 가장 중요한 것이 무엇인지 아는가? 바로 성적이다. 대한민국에서는 성적으로 취업한다고 할 정도로 성적이 중요하다. 그래서 많은 사람이 공부하는 법을 연구한다. 나도 인생의 절반을 학교에서 살면서 알아낸 방법이 있다. 그 방법을 알려주겠다.

• 습관 들이기: 처음에는 3분이라도 좋으니 다른 것 말고 오직 공부에 집중하면 된다. 집중하기 위해서는 핸드폰을 최대한 멀리 두어야 한다. 포인트는 점점 공부 시간을 늘려가야 한다는 것이다.

• 좋아하는 과목부터 공부하기: 처음부터 어려운 것을 공부하면 금방 질려서 나중에는 공부를 안 하게 된다. 그러므로 우리는 좋아하는 것부터 공부해야 한다. 만약 좋아하는 것이 예체능일 경우 일단 수학이나 국어 같은 과목이 아니더라도 해도 된다. 왜냐하면 좋아하는 것을 하면 집중할 수 있기 때문이다. 다른 과목은 공부하는 습관을 들이고 해도 늦지 않는다.

• 새벽 공부는 공부하는 습관을 2시간 이상 들이고 시작하기: 처음부터 새벽에 공부하면 졸리기 때문에 실패를 경험할 수 있다. 우

선, 새벽 말고 낮에 공부하는 습관을 들이고 나서 새벽에 공부하면 점차 공부 시간을 늘려나가며 공부할 수 있다. 예를 들어 새벽 12시부터 2시까지 공부한다고 가정했을 때, 우선 오후 2시부터 오후 5시까지 반복하여 공부하면 나중에는 새벽에도 공부할 수 있다.

• 일주일에 하루 정도는 쉬기: 매일 공부만 하면 길게 이어갈 수가 없다. 그래서 일주일에 하루에서 이틀 정도는 쉬어 주어야 공부를 길게 이어갈 수 있다. 그렇다고 해서 너무 오랫동안 쉬면 안 된다. 오랫동안 쉬면 공부하는 버릇을 들일 수 없기 때문이다.

• 평소에 일을 미루지 않기: 우리는 모두 공부만 하려고 하면 평소에 보이지 않던 것과 잊고 있던 할 일들이 기억이 난다. 수학같이 어려운 공부를 시작하려고 하면 괜히 주변이 어지러워 보인다. 그러면 사람들은 주변을 치우며 생각한다. '아, 배고프다.' 밥을 먹으면, '아, 맞다. 설거지'라며 안 하던 집안일을 다하고 다시 공부를 시작한다. 그때 카톡 알림이 와서 카톡을 보면 어느새 공부를 잊어버리는 기이한 상황이 발생한다. 그러므로 평소에 일을 미루면 안 된다.

사실 이 글을 읽을 시간에 공부를 하면, 벌써 공부 실력을 늘어 있을 것이다. 그리고 사실은 나도 공부하는 법은 아는데 실천하지 않는 사람이기 때문에 이 글을 읽으면 성적이 ~~그대로 아니아나~~ 더 잘하게 될 수 있을 것이다. 그럼 모두 열공하길 바란다.

## 웃기고 싶다면

이 글 왜 읽고 있어? 주변 사람을 웃기고 싶다고? 내가 알려줄게. 우선 이야기에 들어가기 앞서, 재미가 없는 이유 중 가장 큰 이유를 하나 말해줄게. 정말 간단한데 은근 신경을 쓰지 않는 사람들이 많아. 유행을 따라가지 못해서 그래. 진짜 간단하지? 따라가는 방법마저도 간단해. 인터넷을 찾아보거나, 주변에서 유행하는 것을 응용하면 쉽게 따라갈 수 있어. 그렇다면 지금부터 본격적으로 웃기는 법을 알려줄게.

첫째, 본인이 한 개그를 상대에게 설명하게 되면 안 돼. 무슨 말이냐고? 예를 들어 내가 개그를 했어, 그런데 상대방이 내 개그를 이해하지 못해 "무슨 말이야?"라고 묻는다면, 그건 반쯤은 실패야. 상대방이 단번에 이해해야 머릿속에 바로 떠오르면서 웃길 수 있는 거야. 설명해야 하는 상황이 온다면 대처를 잘해야겠지? 정말 안타깝게도 이런 상황에 대처하는 것은 굉장히 어려워. 설명을 재밌게 해야 그나마 개그를 살릴 수 있는데 이거는 애드리브가 좋아야 가능한 부분이라서, 애초에 이런 상황이 안 오는 법을 알려줄게.

말은 쉬운데 실제로는 조금 어려울 수 있어. 짧고 기억에 남고, 간단한 개그, 정말 아쉽게도 이걸 연습하는 법은 반복하는 것이 최선이야. 그래서 이런 경우는 많이 경험해봐야 익숙해져서 말이 술술 나오지. 이제 다음 방법으로 가보자.

둘째, 신조어나 유행하는 말을 잘 알아야 돼. 맨 처음에 나왔던 부분이지? 지금은 이걸 더 자세히 알려줄 거야. 처음에 얘기했던 것처럼 인터넷을 기준으로 할게. 특히 인터넷은 신조어를 많이 써서, 모르는 단어가 많이 보일 거야. 그럴 때마다 검색을 해보면 쉽게 알 수 있는데, 일일이 검색하기엔 조금 힘들지. 그래서 신조어 모음집, 유행어 모음 같은 거를 보면 한 번에 보여서 외우기 편하지. 게임 용어도 마찬가지야. 본인이 하는 게임에 용어 모음집만 붙여서 검색하면 좌르륵 나오지. 그리고 이제 남은 건? 암기야. 개그는 암기야. 개그를 치고 싶어도 쓸 단어가 기억이 나지 않거나 없으면 할 수 없지. 이제 마지막으로 가볼까?

마지막 셋째, 주변인을 잘 알아야 해. 개그를 치려면 개그를 칠 대상이 있어야겠지? 그 대상이 어떤 개그를 좋아하고, 평소에 무엇을 하는지, 그런 것들을 잘 알아놓고 그것에 맞춰서 개그를 치면 공감, 이해가 아주 쉽게 되어서 빠르게 웃길 수 있어. 그런데 조금 피하면 좋은 성향들이 있어. 그런 것들은 내가 말하긴 조금 그렇고, 본인이 알아서 피해. 그리고 조금 슬픈 얘기지만 아쉽게도 친구가 없으면 쓸 수가 없지. 없으면 어떻게 하냐고? 이것도 똑같아.

인터넷이 방법이지. 예시를 들자면, 유튜브 댓글에 좋아요 엄청 많은데 이해가 안 되는 댓글들 있지? 이건 댓글을 쓴 사람이 개그를 쳤는데 네가 이해를 못 하는 거야. 우리도 이렇게 쓰면 '좋아요'가 많이 달리고 댓글 알림이 엄청 올 거야.

언제까지나 나는 웃기는 방법을 알려준 거고, 이걸 잘 활용하는 것은 알아서 해야 돼. 이걸 쓴다고 해서 무조건 웃기는 건 또 아니야. 난 단지 내가 경험한 것을 바탕으로 조금이나마 도움이 되길 바라며 이 글을 썼어.

정리를 해주자면, 상대방이 쉽게 이해할 수 있게 개그를 하고, 인터넷을 찾아보면서 유행하는 프로그램, 유명인 말투, 유행어 등을 활용하며 개그를 하면 조금 더 쉽지. 그리고 이런 유행어, 말투 등을 좋아하는 사람들을 잘 찾아서 그 사람들에게 공감대를 형성하여 개그를 하면 쉽게 웃길 수 있을 거야. 이 글을 많은 사람이 읽고 조금이라도 도움이 돼서 재밌는 사람이 되길 바랄게.

## 초1람 생존기

### 1. 유리창이 와장창

그때는 날씨도 좋고 그날따라 기분이 좋았어. 하지만 내 친구들인 A, B는 잘못을 저질러서(아마도 수업 시간에 장난쳐서) 벌을 받기로 했던 걸로 기억이나. 복도를 열 번 왔다 갔다 하면 벌은 끝. 근데 2명이 벌을 받고 있자니 내가 같이 놀 사람이 없는 거야.(당시 전교생 3명) 그래서 나는 걔네랑 같이 뛰기로 했어. 점심시간 전에 상담이었거든? 그때 받은 쿠키를 먹으며 뛰어다녔지. 옆엔 B도 같이 있었어.

근데 나는 승부욕이 강한 편이라 B보다 더 빠르게 달리고 싶었어. 참고로 우리 학교 문은 유리로 되어있었거든? 거기를 찍고 정문까지 가야 한번 왕복으로 인정이 되는 거야. 근데 여기서 문제가 생겼어. 마지막 바퀴에 나는 B를 이기려고 전속력으로 달렸어. 마지막으로 유리문에 손을 대는 순간, '창!' 소리가 나는 거야. 그 뒤로 잠시 기억이 끊겼어. 웃긴 건 이게 겨우 2학년 때 일이라는 거야.

일단 정신을 차리고 보니 난 몸이 반쯤 밖으로 나가 있었고, 바닥에는 유리 파편이 보였어. B는 날 쳐다보고는 그대로 얼어붙었어. 근데 A, B가 선생님께 가야 한다고 나를 끌고 갔지. 놀랍게도 난 팔에 피가 뚝뚝 흐르는 와중에도 웃으면서 계단을 올라갔어. 심지어 피가 나는지도 몰랐다. 선생님한테 헤헤거리고 가니까 선생님이 기겁을 하시는 거야. '뭐지 이…은?' 딱 그 눈빛으로 날 보시는 거야. 그때 팔에 드디어 이상한 느낌이 나기 시작했어. 선생님 입장에선 팔에 피가 뚝뚝 흐르는 애가 헤헤거리며 오니까 기겁을 하실 수밖에.

선생님이 조심히 내 팔을 걷으셨어. 피가 흐르는 걸 드디어 알아챈 나는 웃다가 갑자기 울기 시작했어. 피가 안 멈추니까 당연한 거 아니었을까? 입에선 유리가 우득우득 씹혔어. 근데 난 그것도 모르는 순수(?)한 아이라 그냥 삼켰지.(그냥 이게 뭐지 먹었음 ㅋㅋ) 드디어 응급처치가 끝나고 난 병원에 갔지. 병원 선생님도 기겁하셨어. 어린애가 팔이 찢어진 채로 그냥 오니까. 마취하는 데도 오래 걸렸어. 내가 난리를 치니까 근데 웃긴 게 '엘리가 간다' 보면서 마취, 봉합 다했지. 그다음은 어떻게 됐을까? 거의 한 달 동안 붕대를 감은 채 지내다가 실밥 풀고 흉터가 남았지. 근데 더 웃긴 건 우리 아빠야. 아빠는 누가 나를 위협하면 팔 걷어서 10:1로 싸워서 생긴 상처라고, 덤비라고 하면 상대가 기겁하며 도망갈 거라고 했어. 아직도 이 썰 풀 때면 애들이 다 기겁하더라. 나는 멀쩡한데 왜 그러는지 모르겠어.

## 2. 스키장 갔더니 배탈이 났습니다

이것도 2학년 때 일인데 새벽에 출발해서 엄청 피곤한 상태로 스키장 숙소에 도착했어. 치킨이나 과자 젤리 등을 저녁쯤에 엄청 먹고 잠을 자려는데 배가 겁나 아프기 시작해. 진짜 설사 배가 아니라 배를 찢는 것 같은 그런 느낌이 들었어. 겨우 2학년이었던 나는 이때 딱 느꼈어. '아, 이거 뭔가 잘못된 것 같다.'

역시 내 예상은 틀리지 않았어. 점점 속에서 뭔가 올라와 화장실에 갔지. 변기를 봤어. 근데 갑자기 욱, 올라와. 그나마 다행인게 변기 커버를 올려서 거기 안에다 토를 할 수 있었지. 그날 새벽 내내 토했어. 진짜 계속 무지개가 나와(?) 거의 반죽음까지 갔어. 그때 약도 먹었는데 뭐가 잘못된 건지 소용이 없었어. 결국 토조차 나오지 않을 때까지 헛구역질만 엄청 하고 울다가 화장실 바닥에서 졸았어. 눈을 떴더니, 어라? 아침이야. 근데 내 몸이 개판인 걸 아는 언니들이 스키 타지 말라고 해서 숙소에 있었어. 숙소에 머무는 동안 계속 토를 해서 반죽음 상태로 침대에 누워있었어. 그리고 잠들었는데 일어나니 또 아침이야.(뭐지 데자뷔?) 근데 달라진 점이 있어. 분명 침대에서 잤다고 했지? 근데 바닥이야. 머리가 엄청 아파 만지니까 혹이 나있더라고. 그래서 앞에 나와 있던 친구 A, B에게 물어봤더니, 자기들도 자다가 쿵! 소리가 나서 봤더니 내가 바닥에 떨어져 있었다고 그러더라고.

어질어질한 상태로 일어났어. 근데 이제 토가 안 나오더라고. 그래서 나는 1일 차 빼고 배운 게 없잖아. 간당간당하게 스키를 타고 내려갔지. 그리고 해쀡(?)한 상태로 집에 왔어. 학교에서는 이제 내가 그렇게 반죽음까지 가니까 원래 2학년부터 스키캠프를 갔는데 내가 영향이 컸나 봐. 없애버리시더라고. 2학년 스키캠프가 그렇게 사라졌어. 아니면 나 때문이 아니더라도 사라졌지 않았을까? 근데 더 웃긴 건 집 가자마자 치킨 있길래 바로 냠냠 먹었다는 게 학계의 점심….

3. 무릎에 돌이 박혔답니다

이것도 2학년 때야. 나는 커서도 사고를 치긴 했지만, 어렸을 때 더 자주 쳤어. 교회 앞 마당 쪽에 돌이 쌓여 있었어. 거기서 아는 오빠들이랑 신나게 놀았지. 나도 룰루랄라 신나게 뛰어놀다가 턱! 소리가 나. 나는 '어? 이게 뭔 소리ㅈ…'하고 기억이 끊겼어. 진짜로 기억이 없어. 일어났더니 무릎 살점이 파여 있네? 어라? 그걸 보고 난 또 울기 시작했어.

교회 사모님이 붕대를 감아줬거든. 그리고 어찌어찌 집에 도착이야. '와… 난 누가 내 무릎 칼로 써는 줄 알았어.' 엄마가 밴드를 걷더니 극혐, 이 표정으로 내 상처를 핀셋으로 건드려 보셨어. 근데 팅, 팅, 소리가 나. 엄마는 "어 돌이다"하고 내 살에다 극딜을 입히셔. 갑자기 '뽁' 소리가 나면서 돌이 뽑혔어. 드디어.

솔직히 핀셋으로 속살을 후벼파는데 안 아프다고 할 사람이 있을까? 울고불고 난리가 났지. 어쨌든 뽑았잖아? 엄만 밴드를 붙여주시고 "건들면 혼난다"라고 하시고 쿨하게 뒤돌아가셨어. 진짜 저녁 내내 겁나 아파서 '으…' 이러면서 간신히 잤어. 그리고 무릎엔 흉터가 또 남았지. 나중에 흉터를 한번 짜 봤더니 진물 나오길래 안 나올 때까지 짜다가 엄마한테 등짝 스매싱 맞고 그만뒀어. 진짜 서러웠다. 상처 난 것도 억울한데 진물까지 나오고. 지금도 흉터가 아직까지 있음. 그렇게 다치고 나중에 보니 진짜 보기 싫더라고.

## 4. 아무도 못 찾는 숨바꼭질

그날은 일요일, 내가 어렸을 땐 언니 오빠들이랑 숨바꼭질하면서 놀았어. 교회 뒤쪽으로는 나무들이 있는 곳이 있었지. 언니 오빠들이 나를 너무 잘 찾으니까, 그 나무가 많이 있는 곳에 숨었어. 그땐 내가 몸이 작았으니까 대략 키가 148cm(편집자: 작아서 148?) 정도였을 거야. 앉으면 거의 절반이 줄어드니까 나무 사이에 조심스럽게 숨었지. 한 30분이 지나도 나를 안 찾는 거야. 뭐지? 싶었지. 더 기다리다가 해가 점점 지기 시작해서 '이제 나가야지' 하고 나갔지, 근데 언니 오빠들은 다른 게임을 하고 있더라고. 나 못 찾겠으니 그냥 포기 해버린 거야. 그래서 깍 잡고 다시 시작했지. 이번에도 내가 제일 먼저 들켜서 안 잡히려고 엄청 뛰다가 그 약간 계단 같은 곳에 좌악 쓸려버려. 그럼 이제 피가 다시 나고. 난 또 울면서 흐아아앙 거리면서 집에 가기 시작해. 팔꿈치부터 다리까지 피로 범벅이 돼. 너무 아파서 흑흑거리면서 집에 돌아갔어. 아빠가 집에 있었는데 눈이 ㅡ_ㅡ 이 상태셨다가 ○ㅁ○ 이렇게 변하셨어. 일단 물로 상처를 씻고 밴드를 또 붙여주셨지.

## 영화 같은 일

　학교에서 있었던 일이다. 점심시간이 끝나기 직전 친구가 나에게 자신의 火(불 화)를 표현하려고 슬리퍼를 던졌다. 나는 친구가 나에게 던진 슬리퍼를 피해서 다행이라고 생각했지만, 곧 엄청난 일이 일어났다. 내가 피한 슬리퍼가 날아가 다른 친구의 우유를 그대로 맞혔다. 우유가 화염방사기를 쏘듯 많은 우유가 이곳저곳 쏟아졌다. 우유에 범위 안에 있던 다른 친구의 가방에 우유가 쏟아졌는데 하필 친구의 가방이 열려있어 그 안에 있던 물건들도 다 같이 사이좋게 젖었다. 그저 웃음이 나올 수밖에 없었다. 그리고 정신을 차렸을 때는 수업 시간이 얼마 남지 않은 상황이었다.

　나는 순간 느낌이 싸해졌다. 휴지를 빠르게 뽑아 우유를 닦아냈지만, 우유 냄새가 교실에 퍼지는 것을 막을 수는 없었다. 그때 선생님이 들어오시고 수업 시작을 알리는 종소리가 우리 반에 퍼져 나갔다. 선생님은 누구라도 설명 좀 해보라는 표정으로 우리를 바라보셨다. 참 영화 같은 일이었다.

part 2

## 기억의 서사

## 마지막

2022년 6월 다가오는 햇살을 구름이 막은 어두운 어느 날. 나는 이번에 받은 새끼 고양이를 모르는 척 바라보고 있다. 부모님과 할머니가 '아이, 귀엽다' 하며 내게도 그 감정을 공유하려는지 새끼 고양이를 내 쪽으로 들어 보이셨다. 완전 개냥이. 이렇게 사람이 많아도 배를 발라당 까고 누워서 뒹군다. 하지만 그런 애교에도 나는 절대 정을 주지 않을 것이다. 가을이를 키운 이후 다짐한 것이다. 지금 생각하니 가을이와 지냈던 시간이 많이 지났다. 가을이는 잘 있을까?

2021년 9월이었으니 9개월 전. 나는 여느 때와 다름없이 아동센터를 다녀온 후 지친 몸을 이끌고 터벅터벅 집으로 걸어갔다. 생각으로는 꿀 같은 휴식을 생각하며 나도 모르게 웃었다. 친구들과 게임을 할까, 유튜브 볼까, 누구나 생각할 수 있는 소확행이었다. 상상만으로도 즐거운. 그렇게 걷던 도중 길가에 이상한 해삼 같은 것이 쭈그려 앉아 있었다.

'저게 뭐지?'

해삼이 내 존재를 눈치챘는지 갑자기 수풀 속으로 엉금엉금 기어갔다. 그 조그마한 녀석의 힘찬 걸음마에도 불구하고 난 세 걸음만에 녀석을 사로잡았다. 목덜미를 잡고 정체를 확인한 결과 그것은 고양이였다. 그것도 작은 새끼 고양이.

우리 집 마당에는 고양이들이 많다. 하지만 다 길고양이처럼 지낸다. 예전에는 고양이를 키웠지만, 암컷 고양이가 새끼를 낳은 후 길고양이는 수컷 새끼만 죽이고 암컷만 남겨놓고 도망갔다. 이러니 어느 순간 고양이들이 많아지고 모두 자는 새벽마다 내가 자는 방 앞에서 벌어지는 영역 싸움 소리가 그치질 않는다. 그 날카로운 소리는 어렸을 때 악몽으로도 나왔었다. 이랬으니 내가 잡고 있는 새끼 고양이를 어떻게 해줄까? 당연히 나는 어미 고양이가 데려가도록 다시 내려놓고 집에 들어갔다.

룰루랄라 씻고 나온 후 침대에 벌러덩 눕고 유튜브를 봤다. 그러다가 알고리즘으로 뜬 고양이 영상의 섬네일을 보곤 하나의 불안감이 머리를 스쳐 지나간다.

"인간의 냄새가 나면 고양이는 새끼 고양이를 죽인다……?"

그래도 모성애가 있으면 죽이지 않지 않을까? 불안을 달래고 다시 유튜브 집중했다. 꽤 시간이 흘러 11시 17분. 갑자기 부엌 뒤에서 고양이 소리가 들린다고 엄마가 말씀하셨다. 부엌으로 걸어가 소리를 들어보니 확신할 수 있었다.

'아, 그 새끼 고양이구나.'

아까의 일이 원인일 수 있으니 나는 그 고양이를 구해야 한다는 생각이 들었다. 단번에 구할 순 없었다. 잽싸게 뛰어가든 저벅저벅 걸어가든 숨어버렸다. 동물을 구출하는 사람들은 대단한 거였어. 그럼에도 나는 포기하지 않았다. 일단 고양이가 마실 수 있도록 우유를 가져다 놓고 잠복을 시작했다. 고양이가 우유를 먹으러 나왔을 그때! 빨리 갔지만 어림도 없지. 바로 실패했다. 망연자실한 심정으로 고양이 소리를 따라 했더니 갑자기 새끼 고양이가 '엄마 나 여기 있어!' 하듯이 울면서 모습을 드러냈다. 기회를 놓치지 않고 결국 녀석을 잡는 데 성공했다. 솔직히 이게 뭐 하는 짓인가. 어이가 없었긴 했지만 일단 잡았다는 것에 기분은 묘하게 좋았다.

어머니께 전화를 한 후 우리 집 앞마당에 있는 하우스로 갔다. 우렁찬 목소리로 계속 울어 피곤한 탓인가? 내가 목덜미를 잡고 가고 있을 때 제 어미가 물고가듯 편안하게 자고 있었다. 새끼 고양이를 보호하기 위해 하우스에 잠자리를 만들었다. 내가 데려왔으니 부모님이 나한테 이름을 지으라고 하셨다. 9월에 만났으니 '가을이'로 이름을 지었다. 이것이 가을이와의 요란한 첫 만남이었다.

가을이가 도망갈 것 같기에 부모님은 새끼줄을 묶으셨다. 솔직히 이때 부모님이 좀 미웠다. 그 어린아이가 목에 목줄을 끼고 있으면 얼마나 불편할까? 부모님께 계속 말한 결과 나의 마음을 알아주신 부모님도 결국 새끼줄을 끊으셨다. 항상 주말에는 집에만 있는 내가 가을이와 논다고 밖으로 나가는 것은 전에 없던 일이었다. 가족들도 내가 이상해 보였는지 어디 아프냐고 물어볼 만큼 나의 일상은 조금씩 변하고 있었다. 내 친구 진성이에게(가을이를 한 번도 보진 못했지만) 항상 집에 들어가기 전 디코에서 방송을 켜고 가을이와 노는 모습을 보여주곤 했었다.

그리고 얼마 뒤 또 아기 고양이의 소리가 들려왔다. 가을이만한 또래의 새끼 고양이 두 마리가 서로를 의지하며 붙어있었다. 한참 뒤 어미 고양이가 새끼 두 마리를 데리고 갔다. 어쩌면 가을이도 저 고양이들과 함께였을지도 모른다. 가을이가 어미한테 버려진 이유가 나로 인한 걸까? 아니면 몸이 약해서일까? 아무래도 나 때문인 것 같아서 고민을 부모님께 털어놓고 잠이 들었다.

얼마 후 아버지가 그 새끼 고양이 두 마리가 다 죽었다고 했다. 가을이는 내가 구해줘서 살았다고 잘했다고 하셨다. 가을이만 살아남은 게 결국 내 덕분이라는 건가? 부모님은 나의 고민을 덜어주기 위해 굳이 말하지 않아도 될 사실을 알려주셨을 것이다. 이날 이후로 마음 편하게 가을이와 재밌게 놀 생각만 했다.

그러던 어느 날, 가을이를 찾아 나섰을 때 가을이가 보이지 않았다. 불안하다. 심장이 빨리 뛴다. 미칠 듯이 빨리 뛴다. 이 사실을 부모님께 알리고 최대한 차분하게 기다리고 있었다. 어디 놀러 갔을 거야, 나랑 숨바꼭질하고 싶어서 숨었나 하는 긍정적인 생각을 하고 나흘이라는 시간이 지났다. 결국 가을이는 돌아오지 않았다. 우리 가족에게는 세 가지 설이 있었다. 사람을 너무 잘 따라서 다른 사람이 데려갔다, 돌아다니다가 다른 고양이와 도망갔다, 아니면 활동 범위가 늘어나면서 차에 치였다. 어떤 가설이 맞든지 나는 가을이를 잃었다. 어쩌면 부모님 뜻대로 새끼줄을 묶어놨으면 살지 않았을까…….

항상 집에 들어가기 전 같이 놀고, 주말에 밥을 챙겨주던 사소한 일 하나하나가 머리에 맴돈다. 나 때문에 살았고, 나 때문에 죽었을지도 모를 가을이를 생각하면 내가 너무 싫어지고 미웠다. 슬픈 시기를 보내고 이젠 고양이, 아니 동물들에게 정을 주지 않기로 다짐했다.

이런 이유로 나는 이번 고양이 '주리'에게 정을 주지 않을 것이다. 절대로… 하지만… 항상 달려드는 모습과 내 앞에서 숨는 모습이 가을이와 비슷하다 못해 똑같을 정도로 느껴진다. 다짐을 한번 깨볼까? 신이 나한테 마지막 기회를 준 건가?

복잡한 마음을 달래고 있을 때 갑자기 구름을 빗겨 나간 햇살이 나한테 돈다. 내 주위가 밝아지면서 마치 심란한 나의 선택을 존중해 주는 것 같았다. 그래. 이번만큼은. 나는 그늘에 있던 주리를 나의 품으로 끌어안았다.

## 동이의 미소

동이는 평소처럼 학교를 마친 후 부모님의 차를 탔다. 동이는 뒷자리에 앉으며 활기차게 말했다.

"다녀왔습니다."

그런데 동이의 눈에 낯선 박스 하나가 들어왔다. 동이가 궁금해하며 박스 안을 들여다보니 누렁이 색인 강아지 한 마리가 앉아서 똘망똘망한 눈으로 동이를 쳐다봤다. 동이는 누렁이 강아지를 꼭 안으면서 소중한 것을 바라볼 때만 지을 수 있는 행복한 미소를 지었다.

한두 달쯤 지난 일이다. 동이는 하품을 하면서 엄마에게 학교 가기 싫다고 칭얼거렸다. 이유는 엄마, 아빠와 떨어지기가 싫었기 때문이다.

"엄마, 나 학교 가야 해?"

"가야지. 안 가?"

동이 엄마는 '얘가 또?' 하는 표정으로 말했다.

"알겠어…."

동이는 오늘도 엄마한테 패배하였다. 학교에 간 동이가 유일하게 위로받을 수 있는 것은 강아지 관련 책을 꺼내 읽는 것이었다. 책을 읽으며 동이는 강아지를 키우고 싶은 생각이 더욱더 커져갔다. 어떻게 해야 키울 수 있을지 곰곰이 생각하던 동이는 학교가 끝나자마자 바로 집으로 달려갔다. 현관문을 열자마자 동이는 급하게 큰 소리로 말했다.

"엄마! 나 강아지 키우고 싶어!"

"음… 시장 가서 있으면 키우게 해줄게."

잠시 생각한 엄마는 시원하게 허락을 해주셨다.

"응, 응, 알겠어. 엄마!"

동이는 웃으면서 대답했다.

엄마는 형제가 없는 동이에게 검은 강아지를 선물해 주었다. 동이는 무척이나 기뻐하면서 검은 강아지에게 검둥이라는 이름을 지어주었다.

"검둥아! 이리 와."

멍―멍―

동이는 검둥이와 함께 마당을 누리면서 뛰어놀았다. 한참 뛰어논 동이는 엄마의 밥 먹으란 소리를 듣자마자 바로 검둥이를 문 근처에 놓아주고 들어갔다. 그 순간 장난스러운 동이 아빠는 검둥이를 큰 개들과 같이 놀라고 개집에 넣어주었다. 밥을 먹고 나온 동이는 아빠한테 말을 걸었다.

"아빠, 검둥이 꺼내면 안 돼?"

"잘 놀고 있잖아. 너도 집에 들어가서 숙제하고 와서 꺼내 줘."

동이 아빠는 잘 노는 애를 왜 건드리냐는 표정으로 말을 했다.

"응, 알겠어. 아빠."

동이는 시무룩하게 대답하고 숙제를 시작했다. 동이는 검둥이랑 놀 생각으로 빠르게 숙제를 끝냈다. 그때 갑자기,

"동아!"

아빠 목소리가 들려왔다. 동이가 나가 보니 검둥이가 큰 개들한 테 밟혀서 숨을 거둔 상태였다.

"아빠!!!!"

동이가 소리를 지르자 집안일을 하던 엄마도 깜짝 놀라서 나왔다. 결국, 동이 아빠가 굳어버린 검둥이를 데려다 뒷마당에 묻어주었다. 동이는 엄마 품에서 하염없이 울면서 말했다.

"아빠 때문이야. 엉엉."

동이가 아빠 탓이라고 하자 아빠는 무척이나 난처해졌다. 동이 엄마도 아빠에게 잔소리를 했다.

"에휴, 그러게 왜 가만히 못 있어서."

동이 엄마는 한숨을 크게 쉬었다.


동이는 누렁이 색인 강아지를 안고 엄마에게 물어봤다.

"엄마, 이 강아지 뭐야?"

"이쁘지?"

"응, 너무 이쁘고 귀여워."

동이의 목소리에는 설렘이 가득했다.

"이름 잘 지어봐."

동이는 어떤 이름으로 할까 생각하면서 아빠에게 말을 걸었다.

"아빠, 저번처럼 하면 절대 안 돼!"

"하하, 알겠어."

동이 아빠는 멋쩍게 웃어 보였다.

## S 보드

지민이는 일주일 전 아는 형한테 S 보드를 배웠다. 형은 이제 어른이 되어 S 보드가 필요 없다며 S 보드를 지민에게 주었다. 지민이는 세상 다 얻은 표정으로 웃었다. 이후 지민이는 만날 밖에서 S 보드를 탔다.

어느 날, 지민이는 항상 그랬듯이 S 보드 타기 좋은 아파트 주차장에 나왔는데, 그곳에 모르는 초딩 셋이 S 보드를 타고 있었다. 그들은 3남매였다. 지민이는 자신도 동생과 같이 나올 걸… 그랬다. 거기서 첫째로 보이는 아이가 지민이에게 와서 말을 걸었다.

"같이 놀래?"

키가 크고 얼굴이 조금 늙은 애가 다가온 것이 조금 당황스러웠지만 지민이도 심심했기에 같이 놀기로 했다. 지민이는 세 초딩과 같이 S 보드를 타며 밀치기 놀이를 했다. 밀치기 놀이 방법은 S 보드를 타면서 손으로 상대를 넘어뜨리는 것이었다. 지민이가 키가 작고 세 남매 중 젤 어려 보이는 애를 넘어뜨리자 셋이서 지민이를 협공하기 시작했다. 그렇게 밀치기 놀이를 하던 중 첫째로 보이는 애가 지민이 앞에 나타나 지민이의 팔을 붙잡고 자신을 쪽으로 당겨서 지민이는 넘어져 버렸다. 그 순간 한 번도 뼈가 부러져 본 적이 없던 지민이였지만, 뼈가 부러졌다는 걸 느낄 수 있었다. 지민이는 너무 아픈 나머지 엄청 크게 울었고, 아파트 전체에 지민이의 울음소리가 퍼졌다.

"뼈가 부러진 것 같아!"

지민이는 반사적으로 외쳤다. 그때 주변에 있던 초딩들이 살짝 웃는 모습을 보았다. 지민이는 순간 아픈 것보다 부끄럽다는 생각이 먼저 들었다. 넘어져 울고 있는데 잘 모르는 사람이 비웃으니 자존심도 상하고 부끄러웠다. 솔직히 지민이는 심각한 상황에 자신을 보며 웃고 있는지 이해가 되지 않았다. 아마도 지민이가 울고 있으니 그걸 보고 웃는 것 같아 울음을 그쳐보려 했지만, 너무 아파 울음이 계속 나왔다.

"저기 핸드폰 좀 빌려줘."

지민이는 자존심이 상했지만 그래도 살아야 하니깐 첫째에게 부탁을 했다.

"그래, 여기."

첫째는 여전히 지민이를 보며 웃고 있었다.

지민이는 엄마와 병원에 갔고 입원을 했다. 3일 후 지민이는 엄마와 함께 밥을 먹으며 그날 있었던 얘기를 했다.

"지민아, 어쩌다 그렇게까지 다쳤니?"

"S 보드를 타면서 밀치기 놀이하다가요."

지민이는 방긋 웃으며 대답했다. 엄마는 지민이가 혼자 타다가 넘어져 다친 줄 알았는데 위험하게 놀다가 다친 걸 알고 도깨비처럼 크게 화를 내며 소리쳤다.

"너, 다음부터는 S 보드 타지마."

지민이는 이제 S 보드를 못 탈 생각에 속이 상했다. 머릿속으로 첫째의 얼굴이 스쳐 지나갔다.

# 모험

"너 오늘 또 어디 싸돌아다녔냐?"

"아! 죄송해요!"

아침부터 소동을 일으키는 주인공은 진우다. 주민들에게는 익숙한 소리인지 다들 크게 신경 쓰지 않는 듯했다. 진우는 활발하고 호기심이 많으며 모험심이 강해 사고도 많이 쳐서 말썽쟁이로 통하는 학생이었다.

어느 날, 진우는 방학을 맞이해 집에 누워있었다. 그런데 갑자기 전화가 울렸다.

"여보세요?"

"진우야, 할머니한테 가서 순대 좀 싸서 가게로 와라."

"예."

진우 엄마의 전화였다. 진우는 가게로 갈 준비를 하는데 마침 바로 어제 산 새 옷이 눈에 들어왔다.

"그래, 오늘은 이거다."

진우는 새 옷을 입고 킥보드를 타고 시장에 계시는 할머니를 찾아가 순대를 싸 들고 엄마가 일하시는 가게로 향했다. 킥보드를 타던 진우의 눈앞에 성당터널 입구가 보였다. 진우는 문득 이런 생각을 했다.

'과연 저 내리막에서 킥보드를 타면 어떨까? 재미있을까?'

잠시 고민하기는 했지만, 호기심과 모험심이 걱정을 넘어섰다. 진우는 킥보드를 타고 성당터널로 올라갔다. 올라가면서도 '타다가 다치면 어떡하지? 여기 바닥이 벽돌이라 킥보드에서 떨어지면 큰일 날 것 같은데'라는 걱정도 들었지만, 결국 경사의 꼭대기에 올라섰다.

진우는 경사에서 가만히 서 있었다. 막상 와 보니 진우는 겁이 났다. 포기하려는 순간 마음을 다시 잡고 진우는 내리막을 달려 내려갔다. 속도가 점점 붙더니 돌에 걸린 진우는 경사에서 굴렀다. 진우가 눈을 떠보니 어떤 아주머니께서 진우를 깨우고 있었다.

"애기야, 괜찮니?"

진우는 일어났지만 아무 생각도 들지 않았다. 아프다는 느낌마저 들지 않았다.

"길을 가는데 네가 쓰러져 있어서 보니까 기절했더라고."

진우는 정신을 차리고 대답했다.

"네? 제가 기절을 했다고요?"

그렇다. 진우는 구르다가 머리를 부딪혀 기절했던 것이다.

"애기가 이 경사에서 킥보드를 타다가 굴렀구만."

"깨워주셔서 감사합니다."

"다음부터는 그런 무모한 짓 하지 말어."

아주머니는 다시 갈 길을 가셨다. 진우는 멍한 상태로 가게로 가고 있었다. 갑자기 아픈 느낌이 들어 다리를 보니 옷이 다 찢어진 채로 무릎은 쓸려서 피가 나고 있었고, 팔꿈치에도 피가 나고 있었다. 진우는 아프다는 생각보다 새 옷을 찢어 먹은 것 때문에 엄마한테 혼날 걱정이 더 컸다.

'하… 난 엄마한테 죽었다.'

그러다 가게에 거의 도착했을 때 갑자기 손이 가벼워 보니 순대가 사라져 있었다. 진우는 터널 밑으로 달려갔다.

'순대 쏟아졌으면 어떡하지?'

다행히 순대는 묶여 있어 쏟아지지 않았다. 진우는 순대를 들고 다시 가게로 갔다. 가게로 들어가서 최대한 안 아픈 척을 했지만, 이모가 눈치채고 나와 어머니께 말했다.

"야, 성진우 너 다쳤지."

"네? 아, 아니요?"

"뭐래. 대놓고 피가 나는데."

결국 진우는 다친 것을 엄마에게 들키게 되었다.

"너, 왜 다쳤니?"

"저기 성당터널 경사에서 킥보드 타다가 굴렀어요."

진우 엄마와 주변 이모들이 다 웃으셨다. 엄마도 웃으면서 말했다.

"어떻게 거기서 킥보드를 탈 생각을 하냐. 근데 왜 안 아픈 척했니?"

"엄마한테 혼날까 봐요……."

"엄마가 그걸 왜 혼내. 빨리 이모 집에 올라가서 큰 밴드 붙여."

밤이 되고 진우는 잠자리에 들기 전 다시는 그런 무모한 행동을 하지 않기로 다짐했다.

다음날 진우는 하루도 안 돼서 어제 일을 잊었는지 친구들과 학교 담을 넘고 지붕을 타며 여러 말썽을 피우고 있다. 과연 진우는 언제쯤 말썽을 피우지 않으려나.

## 사랑

*야, 내일 학교에서 시장 연다고 했는데 뭐 살 거임?*

친구인 인수가 페메로 물어왔다.

"아 사고 싶은 물건이 있었는데, 돈이 없네."

준호는 돈이 없었다. 항상 게임에 돈을 사용하고는 해서 돈이 부족했다. 준호는 어떻게 돈을 마련할지 걱정하며 잠들었다. 그리고 다음 날 아침에 준호는 엄마와 다투었다.

"좀만 더 있다가 갈게."

준호는 짜증을 냈다.

"안 돼. 빨리 가! 엄마 일하러 가야 해!"

바쁜 엄마의 짜증이다. 결국 이렇게 짜증 섞인 말을 주고받고 준호의 엄마는 일을 하러, 준호는 학교로 향했다. 돈이 없던 준호는 통학버스에서 엄마에게 카톡으로 돈을 달라고 조심스럽게 부탁했다. 준호의 엄마는 "돈을 게임에 막 쓰셔가지고 돈이 그렇게 없겠지요?" 준호에게 일침을 꽂았다. 아침에 다툰 건 신경도 안 쓴다는 듯한 목소리였다. 오히려 돈을 막 쓴다는 것에 대한 꾸중 아닌 꾸중에 가까웠다. 준호는 항상 돈을 헤프게 쓰지만, 엄마는 아들이 돈이 부족할 때, 꼭 필요할 때는 준호에게 돈을 줬다.

그리고 준호는 등교 후 학교에 가서 물건을 샀다. 6교시에 시장을 열어서 그때까지 기다림에 설렜다. 하지만 원래 사고 싶었던 물건을 사지 못해서 그냥 복숭아 향 향수를 샀다. 시장을 닫고 여느 때처럼 준호는 친구들과 놀고 있었다. 항상 똑같은 교실 친구들과 놀지만, 준호는 재밌어했다. 시간이 지난 뒤 준호가 기다린 종례 시간이 되었다.

"오늘 시장에서 좋은 거 샀죠? 내일이 방학식이니까 신나죠?"

준호 담임의 말투에서 다정함이 느껴졌다.

"네! 너무 좋아요!"

준호를 포함한 친구들이 한목소리로 대답했다. 종례가 끝나고 집으로 돌아가는 준호의 발걸음은 깃털처럼 가벼웠다.

"다녀왔습니다!"

준호는 신이 났다. 준호는 다 씻고 게임을 시작했다. 몇 시간 뒤 밥을 먹고 쉬고 있으니 준호의 부모님이 집에 돌아왔다. 준호는 '남은 돈을 돌려 드려야지'라고 생각하며 지갑에서 만 원짜리 지폐를 꺼내려고 했다. 그때 엄마는 준호의 방으로 와서 물었다.

"준호야, 오늘 뭐 사고 왔어? 엄마 한번 봐보자."

준호의 엄마는 남은 돈을 다시 달라는 말을 하지 않고 무엇을 샀냐고 물었다. 돈 얘기를 할 새도 없이 물어봤다. 준호는 당황한 기색을 감추고 말했다.

"오늘 향수 샀어요. 한번 맡아봐요."

준호의 엄마는 향수의 향을 맡아보고 칭찬했다.

"이거 향 좋네. 엄마가 가지고 있는 거랑 비슷하네."

준호는 이어지는 칭찬을 듣고는 멍해졌다. 준호는 엄마가 아침에 말하지 않은 돈 얘기를 할 줄 알았다. 하지만 준호의 엄마는 준호가 돈을 막 쓴 것은 상관이 없다는 듯 준호가 사 온 향수에 대한 칭찬만 했다. 준호의 엄마는 향이 좋다는 듯 콧노래를 부르면서 방으로 들어갔다. 시간이 지나 밤이 되었다. 준호의 부모님의 방에서 얘기가 들려왔다.

"여보, 요즘 준호 여친 생겼나 봐. 안 쓰던 향수를 다 쓰고 있어."

걱정 반 설렘 반이 섞인 목소리다.

"한번 물어볼까?"

눈치 없는 아빠가 물었다.

"뭘 또 물어봐 남사스럽게. 그냥 준호가 말할 때까지 있어."

이런 대화를 나누며 준호의 부모님은 잠이 들었다.

다음날 준호네 가족의 아침이 밝았다. 준호는 방학식이라 들뜬 나머지 빨리 준비를 했나 보다.

"준호야, 여친 생겼어?"

아빠가 다짜고짜 물었다.

"네."

준호는 어쩔 줄 몰라 하며 얼굴이 붉어졌다.

"내가 물어보지 말랬지."

얼굴이 붉어진 준호를 위해 엄마가 눈치 없는 아빠를 데리고 방으로 들어갔다.

# 가족

때는 7살 겨울. 엄마가 임신 중인 동생을 곧 출산할 예정이라 잠시 인천에 있는 큰삼촌 집에 갔었다. 아파트에 흔히 있는 창으로 밖을 내다보며 동생이 싫다고 할머니, 할아버지한테 투정 부렸다.

"잘못됐으면 좋겠어."

그때 한창 할머니랑 드라마를 많이 봐서 그런가, 그런 말이 잘도 나왔다.

"그런 소리 하면 안 돼!"

당연히 꾸중을 들었다. 그리고 어찌어찌 동생이 나왔다. 예정일보다 조금 일찍 나왔다고 들었다. 시간이 조금 지나 동생이 병원에서 나와도 될 때쯤 그때 처음 동생을 봤다. 사실 처음 봤을 때 느낌은 분명하지 않다. 뭐 그냥 신기하다고 생각했을까?

그 이후로 점점 동생이 좋아져 업고 다니고, 귀여워했다. 주변에서도 동생 잘 챙겨준다고 말하는 거 보면 내 착각은 일단 아니다. 동생 성은 신씨지만 성이 같았으면 해서 맨날 김동욱으로 불렀다. 그러면서 막냇동생도 태어났는데 이 녀석이 태어날 때는 예정일보다 한 달 더 일찍 태어나 엄마가 급하게 병원 가느라 동욱이를 내가 살고 있는 할머니 집으로 데려와야 했다. 그 후 동우를 낳고 애가 약해서 병원에 있어야 했어서 많이 보지는 못했다.

시간이 어느 정도 지나니 엄마가 애들을 데리고 가끔 오기 시작했다. 오면 좋았다. 엄마도 볼 수 있고 TV만 틀어져 있던 집도 좀 시끄러워지니까. 하지만 동생 때문에 엄마랑 단둘이 있을 수 없다는 건 좀 싫었다.

신동우는 금방 커서 돌잔치 할 때가 되었고, 돌잔치를 크게 했던 기억이 난다. 아침부터 일찍 갔는데 중간에 길을 몇 번 헤맸다. 사실 거기서 기억나는 거는 맛있는 게 많았다는 거랑 엄마가 자기를 엄마라고 부르지 말라고 한 거였다. 그때는 이유를 몰랐다.

어느 날 한 4학년 전에? 엄마가 바다를 가자고 해서 신나게 갔다. 근데 어렸던 나는 아무 생각 없이 옷도 안 챙기고 그냥 갔다.

"엄마 내 옷은?"

"너 옷 안 가져왔어?"

엄마가 챙겨주는 게 필요한 나이였을까, 아니면 정말 생각이 없던 것일까?

"엄마, 나는 엄마가…."

"에휴, 네 나이가 몇 살인데 그 정도는 챙겨야 할 거 아냐. 엄마도 힘들어. 동생 챙기느라."

"으응, 미안. 그냥 갈게."

그땐 참 서운했다. 그래서 동생도 싫었는데 그냥 나이를 먹으면서 동생 돌보는 일이 많아져 슬금슬금 좋게 생각하게 된 것 같다. 많이 놀아주다 보니 애를 잘 안을 수 있게 돼서 안고 맨날 헬리콥터 놀이를 해줬다. 너무 돌려줘서 애들이 살짝 돌아버린 거 같기도 하고. 지금은 엄마가 집에 오면 단둘이는 조금 불편하고, 애들이 있어야 좀 시원한(?) 느낌이 드는 것 같다.

## 조언

"세아야, 일어나!!"

아침부터 날카로운 아빠 목소리가 들린다. 그 때문에 나는 오늘도 짜증을 가득 먹은 목소리로 아침을 시작했다.

"아… 진짜 짜증 나!"

나는 머리를 한껏 흩뜨리며, 마음속에 짜증을 간직한 채 화장실로 향했다. 나는 지금 나를 건드리기만 한다면 그게 누구라도 나를 건드린 걸 후회할 만큼 화를 낼 수 있을 것만 같다. 이 기분이 매일 반복된다. 그게 얼마나 거지 같은지 아무도 모른다.

세안을 마치고 부엌으로 향했다. 엄마 아빠는 아침을 준비하고 계셨다. 맛있는 냄새가 풍겨 왔지만, 지금은 아무것도 먹고 싶지 않다.

"나 오늘 밥 안 먹어."

그러고는 난 곧장 현관으로 향했다.

"강세아, 거기 멈춰."

문을 열고 나가려는 순간 아빠가 따라 나왔다.

"왜! 뭐!"

나는 멈추라는 아빠 말을 무시하고 집을 나섰다. 내가 계속 거기 있었다면 분명 아빠와 의미 없는 말싸움을 할 거라 직감했기 때문이다. 나는 아빠를 생각하며 학교로 걸어갔다. 아빠에게 소리친 것에 대한 미안함과 왜 맨날 그렇게 날카롭게 말해서 날 짜증나게 만드냐는 원망이 뒤엉켜 머리가 더 복잡해졌다. 그 때문에 난 생각을 멈추기로 하고 학교에 도착할 때까지 친구와 나눌 얘기를 생각했다. 덕분에 나는 어느새 학교에 도착할 수 있었다.

학교에 도착해 자리에 앉으면 항상 나보다 먼저 와 있는 수진이가 날 반긴다. 수진이는 나의 기분을 나보다도 더 잘 알아주는 마음이 깊고 따스한 친구다. 수진이는 내가 기분이 안 좋다는 걸 알고 무슨 일 있냐고 물어봐 줬다. 말할까 말까 고민하다 날 걱정해서 물어본 것이니 다 털어낸다는 마음으로 나는 수연이에게 아침에 있었던 일과 그때 내 기분을 미주알고주알 털어놓았다. 수연이가 내게 어떤 말을 해줄까 고민하는 것이 보였다. 나를 생각해 주는 게 고마웠지만, 굳이 그렇게까지 고민해 줄 필요가 없어서 수진이에게 말을 건넸다.

"딱히 위로를 원해서 네게 말한 게 아니라서 너무 고민하지 마. 어차피 다시 내일이면 까먹을 거야."

나는 가족 간에 다툼이 일어나도 항상 내일이면 무슨 일이 있었어? 하는 마인드로 사과도 없이 그저 그렇게 모든 것을 얼버무리며 넘어간다. 그럼 가족들도 모두 아무 일도 없었듯이 평소와 같이 지낸다. 하지만 수진은 내 말을 듣고 나에게 할 말이 생긴듯했다. 수진이는 나에게 말할까 말까 좀 머뭇거리는 듯하다가 이내 말을 꺼냈다.

"내가 며칠 전에 길 가다 우연히 너희 아버지를 봤어. 인사하다가 너희 아버지가 너에 대해 물어봤는데 그때 대화하면서 너희 아버지 표정에 널 사랑하는 게 느껴졌어."

내가 수진의 말에 당황스러워하자 수진은 나를 응시하며 말을 이어갔다.

"넌 가끔 편하거나 쑥스러워서 미안해, 고마워, 사랑해 같은 말을 잘못하는 거 같아. 넌 지금 아버지께 미안한 거 아니야? 한 번 정도는 용기 내보면 좋지 않을까?"

내가 계속 눈만 끔뻑이며 있자 수진은 나를 바라보며 빙긋 웃어 보았다. 수진이가 내게 뭘 원해서 그 말을 했는지 어느 정도는 알 것 같았다. 하지만 그게 말처럼 쉽지 않다.

"너무 오지랖 같을지는 몰라도 나는 네가 아버지랑 잘 지내는 모습이 너무 보기 좋았거든."

그렇게 말하는 수연의 표정은 어딘가 그리움이 묻어났다. 그래도 수진이 덕분에 나는 어떤 결정이 섰다. 조금의 시간이 더 필요할 거 같기도 하지만 수진이가 계속 나에게 용기를 북돋아 줬기에 오늘 집에 가서 아빠한테 사과를 하기로 했다.

그 마음으로 학교를 마치고 집으로 가는 길이었다. 멀리서 어떤 사람이 걸어오는 게 보였다. 거리가 있었지만 난 그 사람이 누군지 단번에 알아볼 수 있었다.

"아빠가 여기 무슨 일이야?"

내가 묻자 아빠가 멋쩍은지 머리를 긁적이다 대답했다.

"그냥 마중 나왔어."

아빠와 나 사이에 어색한 기류가 흘렀다. 우리는 말없이 서로의 보폭에 맞춰 걸어갔다. 그렇게 걸어가다 아빠가 먼저 말을 건넸다.

"가방 무겁지? 줘. 들어줄게."

나는 아빠에게 가방을 건네며 말했다.

"내가 아침에 소리쳐서 미안해."

드디어 말했다. 하지만 내가 진정하고 싶은 말은 하지 못했다. 마음속으로 갈팡질팡하다가 한숨을 크게 내셨다.

"그리고…."

다시 찾아온 또 한 번에 정적이 있었지만 난 다시 말을 이었다.

"내가 정말 사랑해. 아빠 항상 고마워."

그러자 아빠가 나를 바라봤다. 그때 나는 수진이 봤다는 아빠의 표정이 뭔지 단 한 번에 알 수 있었다. 그리고 이 표정은 아빠가 항상 날 보며 짓던 표정이었다. 내가 맨날 짜증이 나 있어 보지 못하고 지나쳤을 뿐이었다. 그 사실을 깨닫는 그 순간 아빠도 입을 열었다.

"아빠도 세아를 정말 정말 사랑해."

## 공개수업

그땐 내가 초등학교 4학년, 초등학교 방과 후 시간에 골프를 했었다. 나는 골프 시간에 내 친구와 대화를 많이 했는데 그 친구 이름은 '박하준' 지금도 친하게 지내는 친구다. 하준이와는 대화의 주제가 없어도 한 명이 말을 꺼내면 물 흐르듯 자연스럽게 대화했다. 골프를 칠 때도 얘기, 쉬는 시간에도 얘기를 했는데, 골프 선생님은 우리를 좋게 보진 않았던 것 같다. 하준이와 얘기를 할 때면 경고를 주실 때도 있었고 우릴 떨어뜨릴 때도 많았다. 나는 생각으로 하준이랑 나를 선생님이 싫어하시는 건가, 라는 생각도 했었다. 그래도 우린 계속 붙어 다녔고 결국 사건이 터졌다.

골프 공개수업이었다. 구면인 학부모들도 있었고, 초면인 학부모들도 있었다. 그때도 골프 수업을 듣는 둥 마는 둥 하준이와 얘기를 했는데 선생님이 다름없이 나와 하준에게 경고를 주고 우리 둘을 떨어뜨리셨다. 하지만 우린 계속 얘기를 했다. 결국 선생님이 더 이상은 참을 수 없었던 걸까, 선생님이 입을 열었다.

"야, 한강이랑 박하준 나가."

선생님의 목소리는 굉장히 낮았다. 나와 하준은 떨리는 마음을 잡고 말했다.

"네? 선생님 죄송해요. 조용히 할게요. 제발요."

"나가."

이미 엎질러진 물이었다. 결국 우린 골프장을 나갔다. 내가 먼저 말을 꺼냈다.

"야, 우리 어떡하냐."

하준이 이어서 말했다.

"몰라. 우리 크게 혼날 것 같은데. 어, 근데 골프 선생님이 왜 저기 계시냐?"

하준이 말한 곳을 보자 골프 선생님이 학교 쪽으로 걸어가셨다. 우린 그 장면을 보고 더욱 불안해졌다.

'왜 학교 쪽으로 가시는 거지? 설마 담임선생님에게 말하시려나? 아니면 엄마한테?'

여러 가지 생각이 교차할 때 골프선생님이 돌아오셨다.

"니들 반으로 가."

'아 담임선생님에게 말씀하셨구나……'

"네…."

반으로 가는 도중에는 잠시라도 말을 안 하면 답답했던 우리가 그땐 고요했다. 반에 도착했다. 나도 모르게 눈길이 담임선생님에게 향했다. 선생님을 보니 감정을 다스리시는 것 같았다.

"앉아."

"선생님, 죄송합니다."

"사실 골프 선생님이 여러 번 말씀하셨어. 너희들 시끄럽다고. 근데 얼마나 시끄러웠으면 선생님이 수업 중에 나가라고 하시니?"

"죄송합니다. 선생님, 한 번만 봐주세요. 다시는 안 그럴게요."

하준이 말했다.

"안 돼. 이런 일이 한두 번이 아니야. 너희들은 벌점 20점에 부모님과 전화상담 동시에 부모님 사인도 받아와."

우리 4학년 반은 학생이 어떤 잘못을 하면 선생님이 학생에게 벌점을 주었는데 일정 수가 넘어가면 부모님에게 전화상담을 했다. 나와 하준은 수업 시간에도 떠드는 경우가 종종 있어서 벌점을 심심치 않게 받았다.

"난 교무실에 가서 부모님이랑 전화로 상담할 테니까 너희들은 잘못을 반성하고 있어."

선생님은 문을 열고 밖으로 나가셨다. 선생님이 없는 반은 우리의 한숨밖에 들리지 않았다. 먼저 침묵을 깬 것은 나였다.

"하, 우리 어떡하냐. 엄마 아빠한테 전화 건다고 하시는데. 우리 집에서 크게 혼날 것 같은데?"

"그러게. 이럴 줄 알았으면 좀 조용히 하는 거였는데. 알고 보면 골프 선생님이 우릴 싫어하시는 게 아닐까?"

이어서 하준이 말했다.

"맞아 나도 그렇게 생각하긴 해. 솔직히 친구랑 대화하는 게 뭐가 그리 문제라고 하신 걸까."

내가 하준의 말에 맞장구를 쳤다. 그렇게 우린 재밌는 이야기가 아닌 무거운 주제의 이야기를 했다. 시간이 얼마나 흘렀는지도 모르고 말이다. 그러다 갑자기 선생님이 반으로 들어오셨다. 나와 하준은 어리둥절하며 선생님을 보았다.

"얘들아 내가 부모님에게 전화를 걸기 전에 너희들의 생각이 궁금해서 왔어. 그냥 부모님에게 전화를 걸까? 아니면 너희들이 골프 선생님에게 직접 찾아가서 진심 어린 사과를 할래?"

난 눈을 하준에게 돌렸다. 하준도 마찬가지. 우린 고개를 끄덕였다.

"골프 선생님에게 사과할게요!"

"그래, 좋아. 하지만 꼭 진심이 느껴져야 하고, 다시 너희들이 시끄럽다는 얘기가 나오면 이젠 정말 봐주지 않을 거야. 알겠지?"

"네! 알겠습니다!"

우린 골프장으로 뛰어갔다. 방과 후 골프 시간은 끝이 났고, 학생들은 모두 반으로 갔다. 골프 선생님도 이제 골프장을 나서려는 것처럼 보였다.

"뭐야, 니들이 왜 왔어. 당장 안 나가?"

골프 선생님은 아직 화가 나신 모양이었다.

"선생님, 저희가 죄송했습니다. 정말 저희가 시끄러워서 죄송합니다. 저와 선생님의 입장을 바꾸어 보니 충분히 화가 나실 만했어요. 다신 안 그러겠습니다. 죄송합니다."

나는 최대한 성의 있게 말했다.

'좋아. 이 정도면 골프 선생님도 만족하시고 용서해 주시겠지? 그럼 난 혼나지 않을 거란 말씀!'

하준이도 끼어들어 말했다.

"선생님, 저도 죄송합니다. 하지만 저희를 싫어하지는 말아주세요. 저희는 그저 친구와 오래 붙어있고 얘기를 하고 싶었을 뿐이에요."

골프 선생님은 말없이 들으셨다. 그리고 잠시 후 입을 여셨다.

"얘들아, 난 너희들을 싫어하는 게 아니었어. 친구와 친하게 지내는 것만큼 좋은 것도 없지. 하지만 우린 골프라는 수업을 해야 하는 거야. 얘기도 때와 장소를 가리면서 하라는 말이지. 물론 선생님의 잘못이 없다는 것은 아니야. 내가 너무 무섭고 딱딱하게 주의와 경고를 줬지. 그건 선생님이 사과하마. 너희들의 사과도 잘 들었다. 그럼 우리 다음 시간에는 재밌게 수업할까?"

"네, 다음 시간엔 정말 재밌게 골프 해요. 다시 한번 정말 죄송합니다."

나는 이 말을 듣고 내 생각이 잘못되었다는 것을 깨달았다. 내가 친구와 떠드는 것도 수업 시간에 한 것이 문제였고, 선생님의 말을 무시한 것도 문제였다. 난 골프 선생님께 죄송한 마음이 들었다. 나는 이 사건 이후로 정말로 상대방이 날 싫어하는지 다시 한번 생각하고 판단하게 되었다.

# 방문객

부엌에서 달그락거리는 소리가 요란하게도 들렸다. 엄마는 싱크대 앞에 서서 허리를 두드려가며 요리를 하고 있었다.

"민아야 일어났어? 어서 와서 밥 먹어."

나는 하품을 하며 걸어 나와 식탁 의자를 빼 앉았다. 방금 만들었는지 열기가 올라오는 국을 후후 불어 한 숟갈 떠먹었다. 잠에서 덜 깬 나는 엄마를 흘긋흘긋 엄마의 눈치를 살폈다.

"엄마, 나 휴대폰 바꾸고 싶은데…."

나는 말끝을 흐렸다. 엄마는 내내 뒷모습만 보이다 뒤를 돌아 내 앞 의자에 앉았다.

"휴대폰 바꾼 지 얼마 안 됐잖아, 왜 필요한데?"

엄마는 숟가락을 던지듯 식탁 위에 내려놓았다.

"아니, 얼마 안 되긴 뭐가? 4년은 족히 넘었잖아."

내가 인상을 쓰며 엄마를 바라보자 엄마는 조금 화가 난 듯 말을 이었다.

"4년밖에 안 썼구만. 뭐? 그때 얼마나 비싸게 주고 샀는데 뭘 벌써 바꿔?"

그때 당시 80만 원이 넘는 돈을 주고 산 아이폰이 내 발목을 잡았다.

"요즘에 폰을 4년 넘게 쓰는 사람이 어딨어? 그리고 이거 유행 다 지났거든? 친구들도 다 신상 쓴다고!"

내가 언성을 높이자 엄마도 따라서 언성을 높였다.

"넌 휴대폰을 멋으로 사냐? 전화랑 문자만 잘 되면 되지, 너 그럴 거 알았으면 그때 안 사줬어. 그리고 너 맨날 학교 끝나고 뭐 하냐? 내가 친구들이랑 돈 펑펑 쓰면서 놀라고 학교 보내는 줄 알아? 네가 공부를 해서 좋은 직업을 가져야 우리가 잘 먹고 잘 살지!"

엄마가 맨날 하는 말이었다. 내가 좋은 직업을 가져서 집안을 살려야 한다고. 더 이상 이 말이 나에 대한 조언이 아닌 잔소리로 들리기 시작했고 참을 수 없었다.

"내가 왜 그래야 하는데. 엄마 아빠가 일을 더 열심히 했으면 이렇게 힘들게 사는 일도 없었을 거잖아! 이게 다 엄마, 아빠가 먹고 놀기만 해서 그런 거잖아!"

나는 식탁을 쾅 치며 일어났고, 식은 국이 찰랑거렸다. 엄마가 한숨을 쉬는 소리가 들려왔다. 나는 부들거리며 방으로 곧장 들어갔다.

얼마나 지났을까, 방문 앞으로 저벅저벅 거리는 소리가 들렸다.

"김민아, 나와 봐."

엄마가 나를 부르는 소리에 방 밖으로 걸어 나왔다. 밖으로 나오자 처음 보는 아저씨가 서 있었다.

"인사드려, 고모할머니 남편분이셔."

나는 아저씨를 쳐다보자 소름 돋는 기분을 느꼈다. 아저씨의 몸집은 엄청나게 큰 데다가 쭉 찢어진 눈이 기분 나쁘고 무서웠다. 아저씨는 곧이어 공책보다 큰 손바닥을 나에게 들이밀었다. 나는 흠칫하며 엄마를 흘끗 쳐다봤다.

"뭐해! 어서 인사드려."

나는 아저씨의 손을 잡기 껄끄러웠지만, 엄마의 닦달에 인상을 찌푸리고 입술을 쭉 내밀며 아저씨의 손을 잡고 인사했다.

"안녕하세요."

아저씨가 소름 돋는 눈빛으로 나를 뚫어져라 쳐다보자, 나는 시선을 어디 둘지 몰라 눈알만 이리저리 굴렸다, 아저씨의 무서운 얼굴은 마치 꿈에 나올 것만 같았다. 아저씨의 날카로운 눈꼬리가 휘었다.

"허허."

엄마는 어색함을 없애려는 듯 웃으며 말했다.

"어서 거실로 가요."

아저씨는 무거워 보이는 발걸음을 한 발자국 두 발자국 떼어 거실 쪽으로 걸어갔다.

휴, 나는 안도의 한숨을 내쉬었다. 하지만 곧이어 청천벽력 같은 엄마의 목소리가 들려왔다.

"민아야! 너도 빨리 와!"

나는 인상을 쓰며 거실 쪽으로 조금씩 걸어갔다. 걸어가면 걸어갈수록 하하호호 떠드는 소리가 커졌다.

"그래, 민아야 여기 와서 앉아봐."

엄마가 바닥을 톡톡 두드리며 눈치를 주었다. 나는 입술을 내밀고 엄마 옆에 딱 붙어 앉았다.

"하하, 그래. 민아는 올해 몇 살이야?"

아저씨가 기분 나쁜 웃음을 지었다. 나는 괜히 엄마에게 눈썹을 찌푸리며 말했다.

"아, 엄마. 나 숙제해야 한다고."

차마 소리를 지를 순 없어 엄마의 눈치를 보며 중얼거렸다. 분명 숙제는 없었다. 심장이 조금 쿵쿵거렸다. 그러자 엄마는 한탄조로 말했다.

"알았어. 들어가서 숙제해."

엄마의 대답에 나는 해방감을 느끼며 재빨리 자리를 피해 공부방으로 후다닥 들어갔다. 한 십여 분 지났을까, 엄마의 훌쩍거리는 소리가 들렸다. 엄마를 위로해주며 다 괜찮다고 달래는 아저씨의 목소리가 들렸다. 나는 의아해하며 방문에 귀를 바짝 붙여 대화 소리를 자세히 들어보려고 했다.

"허허, 어린애들이 다 그렇죠. 뭐, 괜찮아요."

아저씨는 말했다. 그러자 엄마가 말을 덧붙였다.

"죄송해요. 이렇게 손만 벌리고."

아저씨는 괜찮다며 이제 그만 일어나보겠다는 말을 끝으로 대화를 마쳤다. 나는 공부방의 문을 슬쩍 열고 문 틈새로 아저씨를 쳐다보았다. 아저씨는 여전히 눈웃음을 짓고 계셨다. 엄마는 아저씨를 보며 말했다.

"감사합니다."

아저씨는 껄껄 웃으며 짧은 인사를 나눴다. 나는 엄마가 표현한 감사의 의미를 잘 이해하지 못했다. 나는 방문을 살포시 닫고 침대에 드러누웠다.

똑똑똑.

엄마는 작은 상자를 들고 방으로 들어와 나에게 건넸다. 상자를 열어보자 안에는 최신 아이폰이 상자에 들어있었다. 내가 의아한 표정으로 눈을 크게 뜨며 엄마를 쳐다보자 엄마는 말했다.

"아저씨가 주고 가셨어. 너가 많이 쑥스러워하는 거 같다고 직접 주고 싶었는데 못 줬다고 하시더라."

엄마의 말을 듣자마자 큰 후회가 밀려오며 울컥하는 감정이 느껴졌다. 아까 아저씨의 말이 어떤 의미인지 선명해졌다. 인사라도 제대로 해 드릴걸. 아저씨는 엄마에게 든든한 버팀목일까 궁금했지만, 엄마에게 물어보기엔 대화 내용을 엿들었다는 것이 부끄러워

차마 그러지 못했다. 엄마에게도 미안했다. 내 앞에서 눈물 한 방울 보이지 않던 엄마의 눈물을 처음 본 날이었다. 나는 아저씨가 남기고 간 휴대폰만을 뚫어져라 쳐다볼 수밖에 없었다.

## 날 위해서라는 말은

학교에서 나는 진짜 학교에 있을법한 엄청 시끄럽고 친구들과 잘 어울리는 애였다. 애들도 나한테 한 번씩 "너 그렇게 소리 지르면 목 안 아파?"라고 할 정도로 엄청 밝은 애다. 하지만 집에서는 방에서 잘 안 나오고 말도 안 하는 그런 딸이다.

아빠는 일이 바빠서 일요일에만 쉬었다. 어떤 날은 일요일도 안 쉴 때가 있었다. 그때 당시에는 아빠만 생각하는 아빠가 너무 미웠다. 난 엄마하고 친하지 않아서 집에 둘이 있는 시간이 너무 싫었다. 그렇다고 아빠는 쉬는 날은 또 피곤하다고 잠만 자고 아니면 낚시를 가고 싶어 했다. 우리 아빠는 내가 엄마랑 친해지길 원했다. 그래서 아빠는 늘 나에게 엄마가 다가오면 말도 잘하고 너도 좀 다가가라고 말하곤 했다.

"엄마한테 말 좀 걸어. 가족인데 그거 하나 하는 게 그렇게 힘들어?"

하지만 그게 쉽지만은 않았다. 아빠와는 다르게 엄마는 엄격하고 무서워서 다가가기 힘들었다. 아빠는 좀 행동들을 이해해주고 대화를 하면서 풀어가는 성격인데 엄마는 정반대 성격이었다. 엄마는 할 말이 있으면 바로 말해야 하는 성격이었고, 말을 더듬거리거나 빨리빨리 안 움직이면 답답해하면서 화내는 일이 많았다. 그리고 엄마와 대화를 하면 누군가랑 비교되는 일이 많아서 대화하고 싶지 않았다. 그래서 엄마한테보다는 아빠한테 말을 하는 경우가 많았다. 하지만 이런 일들이 반복되고 그러다 보니 아빠는 나한테 계속 같은 말을 했고 화를 많이 냈다.

'아빠는 왜 자꾸 나한테 이러지?', '아빠도 많이 힘들겠지…' 정말 많은 생각이 들었다. '근데 아빠는 날 생각하긴 하나?' 생각을 해볼수록 나는 화를 내는 아빠가 너무 이해가 안 되고 그런 아빠한테 화가 났다. 내가 불안하거나 무섭고 화가 나면 손을 꽉 쥐는 버릇이 있는데 엄마, 아빠와 대화를 하면 손을 계속 꽉 쥐게 됐다.

아빠는 집에 있지 않고 쉬는 날, 일하는 날 집에 거의 없고 그런 내 마음을 이해해보려고 노력하지 않았다. 그리고 아빠는 늘 나를 위해서 그런 거라고 했지만, 내 입장에서는 아빠만 생각하는 것일 뿐이었다. 나는 그저 이런 상황들이 빨리 사라져버리면 좋겠다고 생각했다. 그런데 그렇게 바랐던 내 바람과는 다르게 결국 큰일이 터졌다.

오전에 시작되었다. 엄마는 밥 먹을 때 사소한 거 하나라도 식습관이 안 좋으면 크게 혼을 냈다. 내가 밥을 먹다가 젓가락질을 좀 이상하게 했다.

"야, 왜 젓가락질 그렇게 하냐?"

"죄송해요."

울지 않으려고 했지만 나도 모르게 서러워서 눈물이 났다.

"뭘 잘했다고 처울어?"

그렇게 계속 혼났다. 아빠가 오기 전까지 기다렸다. 역시나 아빠는 오자마자 날 혼냈다. 나는 혼날 때 내 감정을 표현하지 못하고 우는데 아빠는 그런 내 모습을 볼 때마다 소리를 크게 내며 혼냈다. 하지만 그때는 무슨 생각이 있었던 건지 나도 짜증을 냈다. 아빠랑 밖에 가서 따로 말하게 됐는데 난 그때 들었던 말들이 아직도 너무 생생하다.

"너 도대체 왜 그래? 대체 뭐가 그렇게 불만이어서 아빠가 하라는 대로 하지를 않아?"

나는 그때 너무 그냥 화가 났다. 그래서 아무 말 없이 조용히 있었다. 그러자 아빠가 계속 말했다.

"너, 엄마랑 아빠랑 살기가 싫어?"

아빠는 내가 아빠 말에 상처받을 거라고는 생각하지 않는 듯했다. 그저 아빠는 화가 난 채 계속 말을 뱉었다. 그 순간 들린 말이 가장 속상했고 정말 어떻게 표현해야 할지 모르겠다.

"진짜 내가 널 낳지 말아야 했어. 내가 너만 아니었어도 이렇게 힘들지도 않고 행복했겠지."

내가 태어나고 싶어서 태어난 것도 아니고 애초에 아빠가 이런 상황을 만들어 주지만 않았어도 정상적인 가정에서 살지 않았을까 하는 생각이 들었다. 아빠는 그 이후로도 그냥 집에서 나가라는 식으로 말했다. 그래도 난 늘 아빠 편이고 늘 아빠를 생각했는데 아빠 나와 같지 않았다. 그동안 날 위해서라는 말들은 다 거짓이었다.

나는 더 이상 그곳에서 견딜 수 없을 것 같아서 친척 집으로 옮기게 됐다. 짐을 싸서 버스를 타고 오는데 그런 생각이 들었다. 마냥 그렇게 힘든 일들만 있지는 않았는데, 내가 좀 더 엄마, 아빠 마음을 헤아려봤다면 이런 상황까지는 오지 않았을 수도 있겠지? 아빠도 알고 보면 정말 힘들었던 게 아니었을까. 진짜 아빠도 내가 그렇게 엄마한테 혼나는 모습이 싫어서 더 혼냈던 건 아니었을까?

그 이후로 나는 태안이라는 곳에서 잘 지내고 있다. 하지만 상처는 남았다. 사람들 시선도 더 신경 쓰게 되고 사람을 믿기가 힘들다. '혹시 뒤에서 날 욕하고 있지는 않을까'라는 생각이 들고 좀 어색하거나 조용한 곳에 있으면 심장이 빨리 뛴다. 이런 일이 있을 때마다 그때 그 상황이 생각난다. 그때의 기억은 더 잊을 수 없는 기억이 되었다.

## 골프 선생님

추운 겨울 학교는 텅 빈 느낌이었다. 나는 강제로 골프 방과 후를 하러 골프장으로 가고 있었다. 한강이랑 나는 케이캅 이야기를 하면서 걸어가고 있었다. 그때 케이캅은 인기가 있는 어린이 드라마였다. 한참 케이캅 얘기를 하고 있을 때 골프를 가르치는 선생님이 들어오셨다.

"이제 조용히 하고 가만 앉아 있어."

한강이하고 나는 조용히 선생님을 쳐다보았다. 선생님이 골프 자세를 알려 주시는데 나는 지루해서 한강이한테 말을 걸었다.

"야, 가위바위보 하자."

한강이는 심심했는지 바로 동의했다.

"야야, 빨리하자."

우리는 선생님의 눈치를 보면서 가위바위보를 했다. 그때 선생님이 딱 우리를 보셨다.

"학부모님들 계시는데, 장난 그만치고 집중해서 들어."

"네."

"네."

선생님이 다시 열심히 설명을 시작하셨다. 나는 참지 못하고 또 한강이랑 얘기를 시작했다.

"몰래 가위바위보 하자."

"오키, 재밌겠다."

우리가 재밌게 놀고 있는 때 선생님이 또 우리를 발견하셨다. 선생님 화가 난 표정을 지으셨다.

"너희들 반으로 가."

"아니에요. 열심히 들을게요."

"아니야, 반으로 가."

우리는 어쩔 수 없이 반으로 갔다. 골프 선생님은 아까 있었던 일을 담임선생님한테 말했다. 담임선생님 허리를 90도 숙이면서 죄송하다고 하셨다. 선생님은 우리를 보더니 반성문을 쓰라고 하셨다. 우리는 아무 말도 안 하고 반성문을 썼다. 우리는 반성문에 '다시는 떠들지 않겠습니다. 다시는 장난치지 않겠습니다'라고 4번을 썼다.

반성문을 다 쓰고 선생님께 보여드렸다. 근데 갑자기 선생님이 무서운 말을 하셨다.

"너희, 반성문에 부모님 사인을 받아와."

한강이하고 나는 싫다면서 울먹였다. 선생님은 내일까지 꼭 받아오라고 하셨다. 우리는 다음날부터 골프 시간에 떠들지 않고 열심히 수업에 참여했다.

하루

"흠."

성민은 눈을 떴다. 학원에 온 뒤 20분 동안 잠만 잤다. 성민은 여전히 졸린 눈을 비비며 몸을 일으켰다. 성민은 평소에 학교나 학원에서 졸기는커녕 굉장히 활기찬 아이였다. 하지만 오늘따라 학교에서도 졸아서 혼났고, 학원에서도 졸아버렸다. 그래서 성민은 기가 죽어있었다. 성민은 지친 몸을 일으켜 세우며 한숨을 쉬었다.

"휴……."

그때 학원 선생님이 말했다.

"자, 이번 주까지 한 거 검사하게 가져와라."

순서는 중학교 3학년부터 1학년까지였다. 성민은 순간 다행이라고 생각했다. 잠시 뒤 성민은 자신의 차례가 되자 생각했다.

'하… 얼마 못 했는데… ×됐다….'

성민은 약간 떨며 선생님 앞으로 다가갔다. 성민이 이번 주까지 한 것을 내밀자 선생님은 성민이 한 것을 천천히 살펴보았다. 그리고는 깊은 한숨을 내쉬었다. 성민은 안 그래도 떨리던 다리를 더욱 떨었다. 보통 이 선생님이 한숨을 쉴 때는 절대적으로 좋은 일은 아니기에 성민은 걱정했다.

'하…….'

성민은 속으로 깊은 한숨을 내쉬며 자기가 한 것을 보았다. 자기 자신이 봐도 너무 안 했다고 생각했을 때 선생님이 입을 열었다.

"이게 다야? 하…. 너 진짜로 이리할 거면 그냥 공부 때려치우고 지금부터 농사나 지어라. 응? 이렇게 할 거면 고등학교 갈 필요 있나? 나라면 그냥 고등학교 안 가고 농사나 하러 가지."

잠시 후 성민이 입을 뗐다.

"아… 네."

"하… 그니까는 좀 잘 좀 해라. 들어가 봐라."

성민의 귓가에 방금 전 선생님이 한 말이 메아리처럼 울리고 울렸다. 평소에 별로 못 해도 이렇게까지 말하지는 않았던 선생님이었다. 이런 일침은 성민에게는 처음이었다. 성민은 풀이 죽은 채 자리로 돌아가 앉았다.

'휴… 하성민 이 새끼야. 왜 맨날 이런 식이야. 이러고서 또 안 해올 거잖아. 이 새끼야….'

성민은 자리에 앉은 뒤 책을 펴고 가방에서 필통을 꺼내서 샤프를 들어 책상 위에 올렸다. 성민은 그렇게 자신이 한 생각을 속으로 되뇌며 문제를 풀었다.

"하… 문제는 또 왜 이렇게 안 풀리는 거야."

성민은 나지막이 혼잣말을 했다. 성민은 풀던 수학 문제집을 풀고, 영어 문제집을 폈다. 마찬가지였다. 성민은 '오늘따라 왜 이렇게 잘 풀리는 게 없냐'라고 생각하며 문제도 푸는 둥 마는 둥 딴 짓을 하고 있었다.

성민은 남은 한 시간을 보낸 뒤 학원 옆 편의점으로 갔다. 시간을 보니 8시 30분이었다. 성민은 이제는 당연하다시피 마치 길들여진 것처럼 편의점에서 라면과 약간에 음식을 샀다. 자신이 약간 처량하다고 느끼며 정신을 차려보니 전자레인지에 라면을 돌리는 자신이 모습이 비쳤다. 작은 의자에 앉아 라면 한 젓가락을 집을 때는 신세 한탄을 하는 눈빛으로 라면을 빤히 쳐다봤다. 그러다가 이렇게 해봤자 아무 의미 없다는 듯이 라면 한 젓가락을 입으로 넣었다. 그렇게 음식을 다 먹은 뒤 집으로 가는 버스를 타러 갔지만 늦어서 버스를 타지 못했다.

'와… 이제는 하다 하다 버스까지 놓치네.'

성민은 버스 정류장 의자에 앉아서 연신 한숨을 쉬었다. 다음 버스가 오자 터벅터벅 걸어 버스를 탔다. 시트에 앉아 이어폰을 끼고 지친 몸을 노래에 맡기며 가다가 서서히 눈을 감았다. 잠시 후 성민이 눈을 뜬 순간 성민은 왜인지 모를 이상하고 어색한 느낌을 받았다. 그 순간 성민의 입에서 욕이 자동으로 튀어나왔다.

"와… 씨 … ×됐다."

그렇다. 성민은 버스 안에서 조느라 내려야 할 곳을 지나쳐버린 것이다.

"하… 젠장, 젠장, 이런 개 같은…….."

성민은 할 수 없이 다시 정류장으로 돌아갔다. 성민의 눈에는 약간의 눈물이 고여 있었다. 성민은 눈물을 닦으며 버스를 기다렸다. 마침내 버스가 오고 성민은 더욱 지치고 무거워진 몸을 끌고 맨 뒷좌석에 쓰러지듯 앉았다. 성민의 이어폰에는 계속해서 노랫말이 흘러나왔다.

*나도 알아. 나의 문제가 무엇인지. 난 못났고, 별 볼일 없지.*

## 나 혼자만의 생각

내 이름은 우혁. 나는 고민이 많다.

우선, 친구들. 학교에서 친구들을 만나면 좋지만, 친구들은 내가 싫어하는 짓을 하기도 한다. 예를 들어 내 말을 안 들어주고, 자기 할 말만 하고, 뭐라 말할 수 없는 행동들로 싫어하게 만든다. 그리고 내가 좋아하는 것이라고 말하기보다 나의 바람이라고 할 수 있겠는데 내 말을 잘 들어주고 내가 싫어하는 짓을 안 해주고 서로서로 배려는 해주면 좋을 것 같다.

나는 평소에 화를 많이 참고, 눈치도 보고, 애들이 싫어하는 짓을 하지 않으려다 점점 머리가 복잡해진다. '화를 참자. 우혁아. 참자.' 그럴만한 이유가 있다고 생각을 한다. 하지만 점점 화를 옛날보다 잘 참지 못하고 애들이 싫어하거나 상처가 되는 말을 하고 뭔가 점점 사춘기가 되는 것 같다. 학교에서 화를 참고, 집에서 게임을 하면서 화를 푸는 식이다.

고민은 더 있다. 꿈에 관해서 생각이 많다. 마술을 연습해서 그대로 보여주고, 그걸 보고 친구들이 신기해하면 뿌듯하다. 경찰이 되어 직접 그 범죄자를 잡으면 무언가 뿌듯할 거 같다. 초등학교 때는 주저 없이 마술사가 꿈이라고 했지만, 지금은 그런 확신이 없다. 사실 마술을 다시 하니 마술에 관심이 더 생기긴 했지만.

이제 나는 내 마음이랑 말한다.

"야, 너는 뭐든지 마음대로 고를 수 있다면 어떤 직업을 가질래?"

"아, 나라면 직업을 경찰로 하고 취미로 마술을 할 거 같은데?"

"그것도 나쁘지 않네. 근데 경찰이 됐는데 너무 바빠서 마술을 하지 못하면?"

"흠, 네가 정말 마술을 좋아하면 일을 마치고 집에 왔을 때 마술을 연습하고 쉬는 날이 있을 때 밖에 나가서 마술을 보여주면 될 거 같은데?"

"그러면 되겠구나. 근데 중요한 게 경찰이 될 수 있냐가 문제인데?"

"그럼 집에서 게임만 하지 말고 공부 좀 하고 운동 좀 해."

"다 맞는 말이라서 할 말이 없네. 집에 가서 노력해볼게."

"노력할 생각 말고 그냥 한다고 생각해."

"그래."

"안 하기만 해봐."

나는 내 마음이랑 말한다.

## 오해

어느 날 저녁 나는 집으로 터벅터벅 걸어왔다. 매일 그랬듯 내 방에 들어가 의자에 앉았다. 곧장 컴퓨터를 켜고 게임 속으로 들어갔다. 나는 게임에 점차 집중하며 시간 가는 줄 모르게 했다. 게임을 하던 중 엄마가 숙제하라며 내 방 밖에서 잔소리를 했다. 나는 입을 열며 방 밖으로 큰 소리로 말했다.

"네, 빨리할게요!"

열심히 하던 게임을 멈추고 숙제를 가방에서 꺼내려니 기분이 좋을 수 없었다. 당연히 투덜거리며 숙제를 하기 시작했다. 머리를 쥐어짜도 어려운 문제가 풀리지 않아 짜증이 점점 올라왔다. 짜증을 누르며 문제를 풀어나갔다. 숙제를 다한 뒤 나는 잠시 옆에 두었던 게임을 다시 시작했다. 게임을 한창 열심히 즐기던 중 밖에서는 삼겹살 굽는 냄새가 났다.

'오늘 저녁은 삼겹살인가?'

나의 머릿속은 온통 삼겹살 먹을 생각으로 가득 찼다. 삼겹살 냄새가 내 방에 가득 찰 때쯤 밖에서 무언가 떨어지는 소리가 퍼져나갔다.

깡!

나는 깜짝 놀라 밖으로 재빠르게 나갔다. 밖에 나오니까 밖에는 할머니와 동생이 있었다. 동생은 몸이 얼어붙은 듯이 가만히 서 있었다. 할머니는 불판을 치우고 있었다. 나는 상황을 보곤 바로 동생을 보며 입을 뗐다.

"야, 이지후. 너 이거 네가 그랬지!"

동생은 내 말을 듣자마자 얼굴에 눈물이 곧바로 나올 것 같았다. 동생은 결국 눈물을 흘리면서 방 안으로 문을 세게 닫으며 들어갔다.

'쾅!'

나는 할머니에게 무슨 일이냐고, 그제야 물어봤다. 할머니는 불판을 떨어트린 게 할머니이고 동생은 우연히 그곳에 서 있었던 것이라 하셨다. 나는 순간 미안한 마음에 동생이 울면서 들어간 방으로 들어갔다. 나는 동생 옆에 앉았다. 동생은 화가 났는지 큰 소리로 말했다.

"저리 가!"

"형 방으로 가라고!"

나는 동생의 말을 듣고도 그 자리에 계속 앉아서 동생에게 입을 열며 말을 걸었다.

"야, 지후야. 내가 미안해."

"……"

"내가 오해한 것 같아."

동생은 아직도 화가 풀리지 않은 말투로 큰 소리를 내며 발로 나를 밀었다.

"저리 가!"

미안한 마음이 가슴 한편에 남아 사라지지 않았다. 계속해서 동생에게 사과하려 해도 동생은 날 밀치며 방 밖으로 내보냈다. 그 뒤 부모님의 도움으로 동생과 화해했지만, 그날 일은 아직도 생생한 기억으로 자리 잡았다.

## 진심

학원을 잠시 쉬다가 다시 학원을 다니게 되었다. 내가 학원을 쉬는 동안 새로운 사람들이 많이 생겼다. 나는 윤주에게 가서 여태 까지 학원에서 있었던 일들을 들었다. 잘생긴 남자아이가 왔다는 이야기나 고백을 받았거나 친하던 친구가 이사를 간 여러 이야기를 들었다. 윤주는 가야 할 시간이 되어서 갔다. 그때 한 남자아이가 학원에 들어왔다. 아까 윤주가 말해준 잘생긴 남자아이인 것 같았다.

"민지야, 안녕. 윤주한테 들었어. 완전 금사빠라며?"

금사빠? 보통 이렇게 말을 걸어오면 기분이 상할 만도 하지만, 나는 급하게 질문을 쏟아냈다.

"어, 맞아. 근데 학원 언제부터 다녔어? 이름은 뭐야? 윤주랑 친해?"

"나는 민수야."

내 이름은 누구한테 물었는지 모르겠지만, 민수와 얘기하는 동안 너무 재밌고 떨렸다. 민수와 계속 얘기하다 보니 어느샌가 친해진 것 같았다. 같이 점심도 먹고 다른 애들이랑 노래방도 가서 같이 노래도 부르며 놀았다. 심지어 집 방향도 같아서 함께 다녔다. 학원을 같이 갈 때 더우면 가위바위보 해서 진 사람이 아이스크림을 사서 먹으며 갔다. 한번은 집으로 갈 때 민수가 자전거를 타고 가다가 자전거가 고장이 나서 고친 적이 있는데 그 모습이 너무 멋져 보였다. 민수를 좋아하게 될 것 같았다.

민수가 좋아질 것 같았지만, 사실 나는 전부터 정우를 좋아했었다. 나도 내가 이해가 안 갔다. 어떻게 한 명도 아니고 두 명을 동시에 좋아하는지. 뭘 잘못 먹은 것 아니야? 둘을 좋아하게 되니 어떻게 해야 될지 모르겠어서 예전부터 서로에게 비밀이 거의 없던 희진이에게 민수에 대한 고민을 털어놨다. 희진이는 바로 대답을 해주었다.

"그럴 것 같았어."

"진짜? 언제부터? 헐, 걔도 눈치챈 거 아니야? 티 안 나지?"

"걔는 모르는 것 같은데?"

언제부터인지는 모르지만 희진이는 내가 민수를 좋아하는 것을 눈치채고 있었다. 다만 희진이는 내가 정우를 좋아하는 것은 알지 못해서 민수를 좋아하게 된 것은 이해하는 듯했다. 이번엔 정우를 좋아하는 것을 알고 있는 윤주에게 전화를 걸었다. 윤주는 오래전부터 매일 맞는 말만 해왔다. 윤주는 어떻게 반응할지… 전화 연결음이 길게 느껴지며 떨려왔다. 내 얘기를 듣자 윤주는 말이 빨라졌다.

"너 미친 거 아니야? 아니 어떻게 한 번에 두 명이나 좋아해? 솔직히 한 명만 좋아하는 게 맞지 않냐? 정말 예전부터 바보 같은 건 알았지만 더 바보 같구나."

"……."

예상했던 대로 윤주는 희진이와 다르게 나의 두 마음을 이해해 주지 않았다. 하지만 윤주는 나와 민수를 이어주려고 열심히 도와 주었다. 평소처럼 희진이와 윤주와 길을 걸으며 얘기를 하고 있을 때 익숙해 보이는 사람과 마주쳤다. 희진이가 먼저 알아본 듯했다.

"쟤가 너가 말하는 민수 아니야?"

"그런가?"

나는 반가운 기색을 감추며 말했다.

"근데 너가 자꾸 걔 잘생겼다고 하니까 진짜 잘생겨 보인다. 이러다가 나도 좋아하게 되는 거 아니야?"

"그치? 잘생겼지?"

좋아하는 애를 잘생겼다고 해주니 기분이 좋았지만 희진이도 민수를 좋아할까 봐 걱정이 됐다. 그리고 다음날 학원에서 파티를 했다. 기쁘게 파티를 보내고 민수와 같이 집으로 갔다. 친해지긴 했지만, 아직 전화번호를 몰라서 집으로 가는 길에 전화번호를 물어 보려고 생각했다. 집에 거의 다 도착해서 최대한 빨리 물어보려고 했다.

"저… 민수야."

물어보고 싶지만, 입이 떨어지지 않았다. 용기를 내서 떨리는 마음으로 민수에게 말을 걸었다.

"그… 너… 전화번호 뭐야?"

핸드폰을 민수에게 건네주자 민수가 번호를 입력해 주었다. 전화번호를 알고 나니 마음이 전보다 떨려왔다. 심장이 뛰는 게 느껴졌다. 평소 다른 아이들이라면 아무렇지 않았을 텐데 너무 긴장이 됐다.

민수가 먼저 집으로 가고 전화번호를 알게 돼서 행복해하며 집으로 들어갔다. 집에서 행복한 상상을 하다가 민수에게 갑자기 전화가 왔다. 정말 너무 떨려서 받을까 말까 고민했다.

"여보세요? 너 민지 맞지?"

"응, 너 민수 맞아?"

"응."

전화가 온 것은 기뻤지만 어색한 느낌이 들었다. 서로가 맞는지 물어본 후 아무 말도 없었다.

"음, 나 밥 먹어야 돼서 먼저 끊을게."

민수가 밥을 먹어야 한다고 전화를 끊었다. 보통 밥을 일찍 먹나 싶었다. 나와 전화하기 싫은 건지 찝찝했다. 마음이 찡하는 느낌이 들었다. 어색했던 시간도 있었지만, 점점 학원도 같이 가고 학원에서 계속 같이 있다 보니 민수도 나를 좋아하는 것 같았다. 고백을 할지 망설여 졌다. 그리고 민수와 집에 가고 있었다. 바로 고백하기엔 용기가 없어서 어버버 거렸다. 대충 작은 소리로 고백을 했다. 민수는 제대로 들었는지 잘못 들은 건지 아무 말도 하지 않았다. 알고서 말을 안 하는 것 같아서 눈물이 나오려고 했다. 이 상황을 빨리 지나가고 싶어서 말을 돌렸다.

"아, 맞다. 우리 학원 내일 방학이래."

다시 말을 꺼내 보았지만, 민수는 말을 하지 않았다. 나를 좋아하지 않는 것 같았다. 각자 집으로 돌아간 뒤 방 안에서 너무 슬퍼서 누워있었다. 그래도 포기하지 않았다. 하루가 지나고 민수와 같은 시간에 학원에서 만났다. 어색한 느낌이 들었다. 하지만 계속 이렇게 어색하면 사이가 멀어질 것 같아서 민수에게 말을 걸었다.

"민수야, 어제 잘 들어갔어?"

"응. 너는?"

"나는 당연히 잘 들어갔지…."

"근데 너 어제 무슨 얘기 했었어? 어제 졸려서 잘못 들었는데."

민수의 말을 들으니 다행인듯싶었다. 어제 일부러 말을 안 한 게 아닐 수도 있으니 다행이라고 생각했다. 그리고 몇 주 뒤 용기를 내어서 제대로 고백을 했다. 민수는 잠시 말을 하지 않았다. 어색하게 헤어지고 잠시 후 나는 민수에게 온 카톡을 보고 심장이 떨어질 듯 빠르게 뛰었다. 민수에게 온 말은 너무 행복했다. 정말 다 가진 듯했다. 그리고 며칠 뒤 친구들과 놀고 있는데 알림이 폭풍같이 엄청 많이 왔다. 평소보다 많이 오는 알람 때문에 떨리고 보이스피싱인지 의심이 됐다. 핸드폰을 켜 보니 보이스피싱이 아닌 민수였다. 순간 민수가 보이스피싱을 하나 싶었다. 민수는 평소에 연락을 잘 보다가 갑자기 안 보니 걱정이 된다고 했다. 친구들이랑 노느라 못 봐서 미안하다고 했다. 민수는 내가 친구들과 놀 때마다 항상 그랬다. 왜 그러나 싶었지만, 진심으로 좋아하기 때문에 헤어지지 못했다.

하지만 며칠 뒤 우리 집이 이사를 해서 우리는 어쩔 수 없이 헤어지게 되었다. 내가 오래 다니던 학원도 떠나고 오래 알던 친구들과도 멀어지게 되어 슬펐다. 마음은 슬펐지만, 눈물은 나지 않았다. 오히려 눈물이 나는 게 더 나을 것 같았다. 전학을 가도 나는 윤주와 계속 연락했다. 윤주는 평소에 좋아하는 사람이 없었다. 하지만 내가 전학 간 지 좀 오래됐으니 혹시나 모르는 마음에 물어보았다.

"너 좋아하는 사람 있어?"

"……."

매번 나와 시끄럽게 떠들던 윤주는 갑자기 말이 없어졌다.

"헐, 너 진짜 있어?"

"나 사실 민수 좋아하는 것 같아. 작년 12월부터 좋아했던 것 같아……."

나는 윤주의 말이 충격이었다. 12월에 나는 민수와 사귀고 있었다. 윤주는 12월부터 민수를 좋아했다고 말했다. 나는 심장이 떨어지는 것 같았다. 나는 윤주가 나와 민수가 사귀었었다는 것을 몰랐는지 의문이 들었다. 그리고 며칠 뒤 민수는 윤주와 사귀게 되었다. 기분이 좀 이상했다. 친한 친구가 첫 솔로 탈출을 한 것은 좋았지만, 그 남친이 내 전 남친이라는 것이 기분이 마냥 좋진 않았다. 윤주는 정말 진심으로 좋아하는 게 아니라면 좋아하지 않을 아이기 때문에 진심으로 좋아하는구나 싶었다. 정말 기분이 애매했다. 친구의 연애를 축하해주었다. 그리고 난 꼭 좋은 사람만 만나기로 생각했다.

# 굉장한 밤

승찬은 기가 선생님 차를 타고 작은 호텔 같은 숙소에 도착했다. 승찬은 학교 임원이 되어서 리더십 캠프에 가게 되었다는 것보다 집이 아닌 다른 곳에서 1박을 할 수 있다는 것에 더 설렜다. 승찬은 편안하게 쉬고 싶은 마음으로 숙소에 들어갔다. 숙소는 되게 깔끔했다. 침대가 있을 줄 알고 기대한 승찬은 매트리스와 이불을 보고 실망했다. 그래도 덕분에 자다가 굴러떨어지지 않았다.

오후 7시에 저녁을 먹고, 1시간 동안의 회의를 마쳤다. 회의하는 동안 저녁에 먹은 것이 소화가 잘되지 않아 고통스러웠다. 평소 양의 2배는 되었다. 덕분에 승찬은 굉장히 피곤해졌다. 회의를 마치자마자 계단을 내려가 기가 선생님에게 소화제를 받아 방으로 갔다. 방으로 들어오자마자 에어컨을 켜고 승찬은 소화제를 마셨다.

"어우, 이거 맛이 왜 이래?"

승찬은 표정이 구겨졌다. 한 번에 마시지 못하고 나눠서 마셨다. 승찬은 먹자마자 물로 입을 헹구고 같은 숙소를 쓰는 호민과 민혁이 씻는 것을 기다렸다. 여전히 피곤해하였다. 승찬은 두 명이 차례대로 씻고 나오자마자 바로 달려갔다. 이날은 점심시간에 땀나게 놀고, 숙소로 가는 차 안은 덥고, 여러 가지 이유로 땀을 많이 흘렸지만 씻을 기회가 없었다. 덕분에 피로는 배가 되었다. 승찬은 씻으며 바디워시를 쓰려고 주변을 둘러보았다.

"바디워시 안 가지고 왔네."

"호민아! 거실에 바디워시랑 샴푸 좀 줘!"

호민은 가지고 오기 귀찮다며 승찬과 밀당을 하다 결국엔 가지고 와줬다. 씻으면 피로가 없어져야 되지만 승찬은 예외였다. 승찬은 씻으면 더 피로해진다.

"야, 빨리 나와!"

"기다려. 다 씻었어. 형"

담임선생님과의 점호가 끝나고 숙소의 인원들은 영화를 끄고 각자 핸드폰을 보았다. 정말 아무 관심도 주지 않고 서로 핸드폰을 봤다. 핸드폰을 보면 잠이 올 줄 알았는데, 핸드폰을 보아도 아무도 잠을 자려는 기미를 보이지 않았다. 아마도 유튜브를 보며 웃고 떠들어서 그랬을 거다. 1시간 정도 지나고, 12시가 되자 이제 다들 점점 졸려서 잠을 잤다. 승찬은 그중에서 좀 늦게 잠을 잘 준비를 했다. 그렇게 누워서 보통이라면 잠이 드는 10분 정도의 시간이 지났지만, 승찬은 아직 눈을 감지 못했다. 이때까지만 해도 승찬은 '잠이 안 오는 날이구나' 하며 넘겼다. 승찬은 자세를 고쳐 누워 다시 힘을 천천히 빼며 눈을 슬슬 감았다.

시간이 꽤 흘렀는데 승찬은 잠이 오지 않아 위에 둔 핸드폰으로 시간을 봤다. 새벽 1시였다. 1시간이 지난 것이다. 평소라면 10시에 자는 승찬이 새벽 1시에도 잠들지 못했다. 그때부터 머리가 새하얗게 되고 주변의 모든 소리로 승찬은 신경이 날카로워졌다. 바로 옆 30cm조차 되지 않는 거리의 냉장고 소리, 민혁과 호민의 정말 작고 반복적이지 않은 코 고는 소리, 아직도 자지 않고 있는 같은 학교 선배들이 다른 방 멀리서 놀고 있는 소리, 자기 전에 틀어놓았던 에어컨의 소리, 그리고 잠이 오지 않아 이불을 건드리며 뒤척이는 소리, 모든 것이 귀에 전달되어 잠이 전혀 오지 않았다.

오늘 뭐를 잘못 먹었나? 아이스크림이나 소화제에 카페인이 들었었던 걸까? 잠자리가 불편한 걸까? 승찬은 한참을 생각했다. 그렇게 30분이 또 지나고, 1시 30분이었다. 30분이 지나도 하품은 나오지만 잠이 오지 않았다. 승찬은 벌떡 일어나 우선 제일 신경 쓰이는 에어컨부터 껐다. 밤이라 보이지 않았지만 어찌어찌해서 에어컨을 껐다. 그리고 냉장고도 꺼보려 노력했지만, 냉장고를 끄는 방법을 몰라 그냥 포기했다.

다시 눕자 이제는 다른 소리가 승찬의 신경을 세웠다. 코 고는 소리였다. 갑자기 코를 골지 않아 잠을 잘 준비를 하면 다시 골고, 또 코를 골지 않아 눈을 감으면 다시 방에 울리는 코 고는 소리. 승찬은 일어나서 코에 휴지를 꽂으려다가 참았다. 베개도 빼서 누워보고, 이불로 눈도 가려보고, 별짓을 다 했다. 정말 말도 안 되는 짓까지 다 시도했다. 이불을 뒤집어서 눕는다든지, 베개에 얼굴을 박으며 눕는다든지, 한 쪽 귀를 막고 눕는다든지, 앉아서 잔다든지, 자려고 시도하는 시간보다 어떤 걸 해볼지 고민하는 시간이 더 길었다.

2시가 거의 가까이 되자 승찬은 거의 잠을 포기하고 눈치를 보며 핸드폰을 켜 여러 가지를 했다. 깨어있는 다른 사람들에게 메시지를 보내기도 하고, 페이스북에 잠이 오지 않는다는 스토리를 올리고, 잠을 빠르게 잘 수 있는 방법이 있는 유튜브까지 보았다. 승찬은 유튜브에서 본 것 중 두 가지 방법을 써봤지만, 첫 번째 방법은 연습이 필요한 방법이었다. 잠을 빨리 자는데 무슨 연습이 필요하냐고 생각했지만, 말이 다 맞았던 건 아니었다. 정말 잠이 안 왔다.

다음 방법으로 약 20분 정도 눕자 갑자기 잠이 점점 오기 시작했다. 승찬은 이때가 기회다 싶어 모든 걸 내려놓고 편하게 잠을 자려고, 보고 있던 핸드폰을 끄고, 핸드폰을 보기 위해 쓰던 안경도 벗고, 편안하게 누웠다. 그렇게 10분이 지났다. 갑자기 기억이 사라지고 눈을 떠보니 아침이었다. 민혁이 설정해놓은 알람이 울리며 모두가 잠에서 깼다.

"아… ×발."

졸려서 나온 진심의 욕설이었다. 6시 30분이었다. 대략 4시간을 잠을 잤다. 승찬은 비몽사몽 일어나서 안경을 끼고 물을 마셨다.

너무 졸려 정신을 놓고 모든 감각에 집중하게 되었다. 물은 굉장히 시원했다. 물을 생각하니까 어제 신경 쓰였던 냉장고가 떠올랐다. 상상도 하기 싫었다. 씻고 옷을 갈아입고 7시 반까지 밖으로 모여야 해서 나갔다. 아침부터 뛰어야 한다니. 4시간 자고. 그 순간만큼은 평소에 쉽게 행복을 느끼던 승찬도 정말 죽고 싶은 생각이 들었다.

# 브레인포그

나는 평범한 중학생이다. 코시국에 중학생이 되어 스키 캠프, 수학여행, 1박 2일 학교 행사를 다 스킵했다. 그래도 요즘은 코로나 백신이 개발되어 거리두기가 조금 풀렸다. 나도 곧 코로나 백신을 맞으러 간다. 백신 부작용을 생각하지 않은 건 아니다. 그래서 백신 맞은 친구에게 물어봤다.

"은주야, 너는 백신 부작용 있었어?"

"어? 나는 없었어. 굳지 말하자면 근육통 정도?"

은주는 아무렇지 않은 말투로 말했다.

"아! 그래 나도 요즘 백신 맞을까 말까 고민 중이거든."

"음… 내 생각에는 백신 맞고 하루 쉬는 게 개꿀이야."

"아, 크크크. 오키."

나는 친구의 말을 듣고 백신을 맞아야겠다고 생각했다. 솔직히 학교를 빠지고 싶었다. 수업을 마치고 집으로 돌아가 어머니한테 백신을 맞고 싶다고 말했다. 하지만 어머니의 표정은 어두웠다. 아마도 백신 부작용을 걱정하시는 것 같았다. 나는 어머니의 걱정을 덜어주기 위해 말했다.

"괜찮아요. 은주도 맞았는데 부작용 없었대요."

"아니, 그게 아니라……."

어머니는 자신의 꿈에 대해 얘기했다. 어머니는 어떤 길을 걷고 있었다고 했다. 그리고 한참 걷다 보니 내가 보였다고 했다. 근데 멀쩡하지 않았다고 하셨다. 이때부터 어머니의 목소리가 떨렸다. 그리고 어머니는 드디어 입을 떼셨다.

"현우, 네가 반토막 나 있었어."

그리고 어머니는 더 이상 말을 잇지 못하셨다. 나도 그 말을 듣자 소름이 돋았다. 그냥 꿈이라고 생각할 수 있지만 어머니의 꿈은 정말 잘 맞는다. 저번에는 어머니가 아버지가 바다에서 떠다니는 꿈을 꾸었다. 그래서 아버지를 바다에 나가지 않게 했는데 그날 폭우가 와서 배를 띄울 수 없었다. 그날 바다에 나갔다면 아버지는 돌아오지 못했을 것이다. 그런 일이 있었다 보니 어머니가 그런 말을 하는 것이 섬뜩하게 느껴졌다. 그래서 난 백신은 안 맞기로 했다. 그러고 나서 다음날, 나는 학교 수업에 집중할 수 없었다.

"야! 이현우!"

"네? 네."

"왜 이렇게 오늘 집중을 못 해!"

"죄송합니다."

나는 조용하게 말했다.

그날은 그렇게 지나갔다. 몇 달 뒤, 그날의 대화가 잊힐 때쯤 뉴스에서 통보하듯이 멘트가 흘러나왔다.

"이제부터는 백신을 맞지 않으면 주변 편의 시설을 이용할 수 없게 됩니다."

뉴스에서 나오는 그 소리를 들은 나는 사형선고를 받는 듯했다. 예상외로 어머니는 어쩔 수 없다는 듯이 말했다.

"하는 수 없지."

나는 벙쪄서 어머니의 말이 들리지 않았다. 아니 듣고 싶지 않았다. 그리고 며칠 후 나는 백신을 맞으러 차를 타고 병원으로 향했다. 병원에 가까워질수록 불안은 배가 됐다. 부작용이 생기면 어떡하지, 후유증이 생기면 어떡하지 같은 생각이 머릿속을 맴돌았다.

결국 병원에 도착했다. 나는 불안을 안고 접수를 하고 기다렸다. 내 이름이 불리기 전까지 이런저런 생각들이 스쳐갔다. 이 일들이 아예 없었던 일이었으면 좋겠다. 처음부터 내가 백신을 맞을 마음이 없었다면. 아니 애초에 코로나가 없었다면! 하, 어차피 이렇게 후회해도 달라질 건 없다는 건 아는데도 계속 이런 생각이 떠오른다.

"이재욱 님."

아, 진짜 평생 오지 않기를 바라던 순간이다. 나는 일어나 걸어나갔다. 백신을 맞는 방의 문고리를 잡는 순간, 자기 무덤을 자신이 파고 있다는 생각이 들었다. 내 눈앞에는 주사액을 준비하고 있는 간호사분이 있었다. 나는 다른 건 보이지도 않았고, 그저 주사액만 뚫어져라 보고 있었다. 그 순간만큼은 마치 백신이 정체를 숨기고 몸을 숨긴 악마처럼 보였다. 그 악마가 내 몸에 들어온다 생각하니 온몸에 소름이 돋기 시작했다. 그리고 그 순간은 결국 찾아왔다.

"이재욱 님, 여기 앉으시고 팔 걷어주세요."

하, 진짜 너무 싫다. 결국 주삿바늘이 나를 향해 겨눠졌다. 나는 눈을 감았다. 창끝을 타고 주사액이 들어온다. 너무나도 차갑게 너무나도 빠르게 온몸에 퍼져나간다. 그 차가움은 곧 서늘함으로 바뀌어 갔다.

## 끝

　나는 작은 시골로 전학 온 3학년이다. 아빠가 갑자기 일을 못하셔서 급하게 할머니가 계시는 곳으로 내려왔다고 엄마한테 들었다. 하필 내가 갔을 땐 방학 때라 새로운 친구들도 못 만나고 혼자서 놀아야 했다. 하지만 시골이라 놀 곳도 없고 친구들도 없었다.

　드디어 할 게 생겼다. 엄마, 아빠 몰래 바닷가 가기! 새벽 바다는 정말로 예뻤다. 예전에 엄마랑 몰래 삼촌하고 같이 먹을 것을 사서 바다를 갔었다. 차가운 바람이 코를 스치고 지나갈 땐 온몸이 떨렸다. 하지만 동시에 새벽공기는 살짝 시원한 바다 냄새와 포근한 흙냄새가 느껴져서 좋았다. 도시에서는 느낄 수 없는 그런 느낌이랄까. 엄마는 원래 시골에 살았어서 그런지 얼굴엔 웃음이 활짝 피었다. 오랜만에 엄마가 웃으니 나도 싱글벙글 웃었다.

　엄마랑 자주 바다를 찾고 싶었지만, 엄마랑 아빠는 자주 싸워서 나 혼자 몰래 나가기로 했다. 새벽마다 싸우는 소리 때문에 나는 늘 일찍 일어났다. 엄마, 아빠는 사업 얘기만 하고 서로에 입장은 생각하지 않고 말한다. 어른들은 참 이해하기 어렵다. 그냥 '미안해'하고 끝내면 될 것 같은데.

우리 집은 1층 마침 창문도 있고 뛰어내리기 딱 좋다. 창문을 살살 여는데 쿵! 소리가 났다. 엄마, 아빠가 심하게 싸우는 것 같다. 무섭다. 빨리 도망가야지. 그래야 엄마, 아빠가 날 찾으려고 안 싸우겠지?

창문을 열고 밖으로 나왔을 땐 새벽 공기가 피부로 느껴졌다. 하지만 저번과는 다르게 두려움과 무서움이 섞인 채 한없이 소름이 끼치고 차갑게만 느껴졌다. 새벽 바다 햇빛이 살짝 들어왔을 땐 아름답게 빛을 내며 반짝이는 윤슬(햇빛이나 달빛에 비치어 반짝이는 잔물결)이 예뻤다. 파도 소리도 아름다웠다.

얌전히 앉아있는 나에게 고양이 한 마리가 다가왔다. 삼색 고양이였는데 정말 예쁜 털을 가지고 있었다. 고롱고롱거리며 내 무릎 위에 올라왔다. 고양이를 쓰다듬었다. 고양이는 나를 핥았고, 나는 고양이를 안고 고양이는 나를 핥으며 내 곁에 있어 줬다. 드디어 친구가 생겼다. 시골로 온 지 일주일만이었다.

나는 터덜터덜 집으로 돌아갔다. 고양이를 안고. 물론 부모님이 계시는 집엔 들어가지 않았다. 부모님은 동물을 싫어하셔서 내쫓을 게 뻔했기 때문이다. 내 비밀공간으로 들어갔다. 부모님은 나를 찾진 않았던 것 같다. 뭔가 속상하다. 지하실에 들어왔을 땐 집에서 희미하게 급하게 무언가에 대고 전화하는 아빠의 목소리와 아무 말이 없는 엄마. 곧 있으면 해결되리라 믿고 비밀공간에 들어갔다.

우리 집엔 지하실이 있는데 거기가 내 보금자리다. 지하실은 나만의 비밀공간이다. 전구와 이불, 컵라면과 과자, 맛있는 것들을 모아 내 공간을 만들었다. 용돈을 꼬박꼬박 모아서 산 것들이라 나름 뿌듯했다. 정확히는 내가 집 앞을 둘러보다가 발견한 것이지만. 이제 가족도 추가됐다. 바로 처음으로 내 친구가 되어준 고양이다. 길고양이인 것을 확인하고 집으로 데리고 왔다. 난 유기범이 아니기 때문에 좁은 시골집을 다 뒤져가며 주인을 찾았지만 나오지 않아 집으로 데리고 온 것이다. 나는 지하실로 들어와 고양이의 이름을 지어주고 사료를 줬다(가끔 길고양이 사료를 챙겨줬기 때문에 사료는 넘쳐났다.).

고양이는 정말 너무 귀여웠다. 악몽을 꾸지 않게 해주는 그런 역할도 해줬다. 항상 무서운 귀신들이 내 꿈에 나왔다. 예를 들어 손과 발이 잘린 귀신들이 나를 보기도 했다. 하지만 고양이가 온 이후로 흐릿하게 아이들이 놀고 있는 모습이 보였다. 나도 따라가서 놀고 싶었지만, 고양이랑도 같이 놀고 싶었기 때문에 아이들이 노는 모습만 보았다. 그리고 꿈에서 깨면 고양이는 내 배 위에 웅크려 고롱거리고 있었다. 고양이랑은 앞으로 쭉 같이 있고 싶었다. 고양이랑 내일 바다로 산책을 가야겠다고 생각했다.

시골에 온 지 2주째.

고양이는 없어졌다. 그리고 나도 사라졌다.

## 갈등

"하… 오늘도 겨우 10만 원밖에 못 벌었네."

밤늦게까지 일하고 돌아온 아버지가 한숨 쉬듯 내뱉는 소리가 내 방까지 들려왔다. 시계는 자정을 가리키고 있었다.

"다녀오셨어요?"

나는 선 채로 머리를 문밖으로 내밀었다. 아버지는 담배를 피우려고 라이터를 켜고 있었다. 왜 담배를 집 안에서 피우는지 짜증이 일었지만 싸우기는 싫었다. 아버지는 앞에 의자가 있는데도 굳이 서서 담배를 태우고 계셨다.

"아빠."

아버지는 담배를 손에 든 채 나를 바라보았다.

"그, 그러니까… 아, 아니에요."

나는 말끝을 흐렸다. 다시 방으로 돌아와 잠든 것도 잠시, 아침부터 번개처럼 엄마의 말이 귀에 박힌다.

"언제까지 이렇게 쉴 거야!"

엄마의 말은 날카로웠다. 사실 어제는 5일 만에 아버지가 일하러 가셨던 날이었다.

"×발 것 코로나 때문에 돈은 안 벌리고 나도 힘들다고!"

욕을 듣자마자 심장이 요동쳤다. 나는 무선 이어폰과 휴대폰을 주머니에 넣고 하우스에 갔다. 무선 이어폰을 귀에 끼워 넣고 친구들에게 전화를 걸었다. 하지만 아버지와 엄마의 욕 소리는 어떻게 막을 수는 없었다. 새끼손가락을 귀에 쑤셔 넣고 눈을 꼭 감고 5분 정도 지나니 집안에서 들려오던 소리가 멈췄다. 휴대폰 속 유튜브 광고에는 아이폰이 고운 자태를 자랑하고 있었다.

"와, 갖고 싶다."

나도 모르게 말했다. 아버지한테 사달라고 할까 생각해봤지만, 어제 아침에 10만 원밖에 못 벌었다고 하신 아버지의 말이 생각나 마음을 접었다. 게임을 하다 물을 마시러 나가니 엄마가 보였다.

"엄마, 나 아이폰 사 주면 안 돼?"

어머니가 잔뜩 짜증을 내며 대답했다.

"엄마가 휴대폰 4학년 되면 사 준다고 했잖아! 그리고 네 아빠한테 말해!"

나는 어머니의 말을 듣자 알 수 없는 슬픔에 울컥해 방에 들어가 베개에 얼굴을 파묻고 울었다. 그러기도 잠시, 난 대문이 열리고 닫히는 소리에 엄마가 나갔다는 사실을 알아차리고 컴퓨터를 켜서 게임을 시작했다.

이번에는 밤까지 일하고 돌아오는 아버지의 차 소리가 들렸다.

"다녀오셨어요. 아빠, 제발 싸우지 마. 그냥 아빠가 무시해."

아버지는 담배를 들고 라이터를 켜면서 말했다.

"아빠도 그러고 싶은데 너무 힘들다."

'뭐 힘들어 봐야 얼마나 힘들다고.'

나는 자러 가지 않고 5분 정도 가만히 앉아서 아이폰을 사달라고 할지 말지 고민했다. 잠시 후 인기척도 없이

"너 안 자고 뭐해?"

아버지가 앉아있는 날 내려다보며 말했다.

"아 생각할 게 있어서…."

나는 말끝을 흐리고 자러 갔다.

다음 날 아침 난 단단히 마음을 먹었다. 난 아빠가 일어나 방문을 열자마자 달려갔더니 아빠는 이상한 걸 봤단 듯이 말을 꺼낼 시간도 주지 않고 신발을 신었다. 나는 아빠를 따라 나가서 담배를 태우는 아빠 옆에 가서 섰다.

"아빠, 아이폰 사 주세요."

나는 눈웃음을 치며 말했다.

"네 엄마한테 말해. 아빠 돈 없어."

그 말에 나는 참았던 화가 터져 나왔다.

"그놈의 담뱃값만 줄였어도 자식 휴대폰 하나 사줬겠다! 나도 담배 피워? 아니면 담배 다 태워버릴까?"

참았던 말을 쏟아내고 방문이 부서지도록 문을 세게 닫으니 아빠가 따라 들어와서 내 손목을 잡았다.

"야, 이 자식아. 그게 아빠한테 할 말이냐. 내가 네 밑이냐?"

그 후 한참 동안 아빠는 험한 말을 뱉어냈다. 다리가 저려올 때쯤 아빠는 분을 못 이겼는지 씩씩대며 밖으로 나갔다. 나 또한 아빠의 말 하나하나에 충격을 받아 그대로 굳어버렸다. 자세를 고칠 생각도 못 한 채 눈물만 뚝뚝 흘릴 뿐이었다.

## 사고

　수연은 호민과 차를 타고 학원으로 달려갔다. 그러다 삼거리 신호등에 걸렸고, 수연은 백미러로 호민이를 보았다. 수연은 호민이 뭔가 불편해하는 것을 알아차렸다. 수연은 호민의 불편한 표정을 풀어주기 위해 말을 걸었다.

　"처음으로 학원가는 느낌 어때?"

　수연은 평소보다 밝은 톤으로 말했다.

　"조금 떨리긴 하지만 그래도 재밌긴 할 거 같아요."

　호민의 말은 수연을 안심시켰다. 뭐든 시작할 때 어려울 뿐이지 금방 적응할 거라는 걸 호민을 낳아서 키운 수연은 잘 알고 있었다. 신호가 바뀌고 수연과 호민이 타고 있는 소나타는 학원 근처로 들어섰다. 빌딩 3층에 특공무술 합기도라고 적힌 파란색 간판이 눈에 띄었다.

　"다녀올게요."

　둘 사이의 대화와는 달리 호민은 무거운 발걸음으로 학원에 들어갔다. 말은 그렇게 했지만, 부담이 될 것이다.

　"핸드폰이 어디 있더라?"

*호민아 파이팅!*


수연은 호민에게 메시지를 남겼다. 호민이가 학원에 들어가고 유민이가 학원에서 나왔다.

"유민아, 학원 어때?"

"재밌었어요."

유민은 해맑은 표정으로 말했다. 수연은 유민의 표정이 밝아서 안심이 되었다.

"친구들은 어때?"

"좀 이상한 애들도 있지만 대체로 착해요."

수연은 내심 다행이라고 생각했다. 유민이 체격이 왜소해서 학원에서 괴롭힘을 당했었는데 지금 학원에서는 잘 지내고 있는 것 같아 다행이었다.

"엄마는 나 데려다주는 거 안 힘들어?"

"에이, 당연하지."

"엄마 바쁘지 않아?"

"이 시간대에는 안 바빠."

수연은 유민이 걱정할까 봐 거짓말을 했다.

부아앙—.

"어우, 뭐야. 저 미친놈."

되도록이면 유민 앞에선 욕을 하지 않는 수연도 어쩔 수 없이 욕을 해버렸다.

"엄마 왜 그래?"

유민이 걱정스러운 표정으로 수연을 바라보았다.

"아냐, 오토바이가 이상하게 운전해서 그래."

수연의 말에 유민은 안심이 된다는 표정으로 핸드폰에 집중하였다. 그래도 수연은 긴장의 끈을 놓지 못하였다. 수연은 아이를 태우고 있고 오토바이는 난폭 운전을 하니 심장 박동이 빨라지고 손이 떨렸다. 그때 폰에 진동이 울렸다.

"유민아, 엄마 핸드폰에 온 것 좀 확인해 봐."

유민은 수연에게 핸드폰에 온 메시지를 읽어 주었다.

"오빠가 '네'라고 보냈어. 오빠 잘 다니겠지?"

"잘 다니겠지. 유민…."

'쾅'

"아아아악!"

"유민아, 괜찮아?"

"어, 엄마…."

그렇게 난폭 운전을 하던 오토바이가 유민의 차를 그대로 박은 것이었다. 오토바이 운전자는 도로 한복판에 쓰러져서 몸부림치면서 아픔을 호소하고 있었다. 수연은 놀란 마음에 온몸이 경직되었다. 아무것도 못 하고 있을 때 누군가 우리 차의 창문을 두드렸다.

똑똑.

수연은 벌벌 떨면서 창문을 내렸다.

"괜찮으세요?"

차창을 두드린 사람은 20대 후반쯤 돼 보이는 여성이었다. 그녀는 흰색 승용차를 타고 수연의 차를 뒤따라오다가 사고를 목격했다.

"네, 괜찮아요. 앞에 있는 오토바이 차주분은요?"

"잠시만요."

그녀는 오토바이 차주에게 달려갔다. 수연의 눈에 사색이 된 승용차 차주의 얼굴이 보였다. 수연은 잔뜩 긴장한 채 물었다.

"저기요, 오토바이 차주분은 어떠세요?"

"119 불러요."

"네?"

"119 부르라고요!"

수연은 다급한 나머지 긴급전화번호까지 까먹을 정도였다. 119를 못 부르고 있을 때 유민이 수연의 핸드폰을 빼앗아 119에 대신 전화하였다.

"엄마, 여기가 어디지?"

"어… 그… 여기가 어디더라? 아 그냥 신고지 추적하라고 해."

"여기가 어디인지 모르겠어요."

"네 알겠습니다. 지금 구급차 출발했거든요. 5분 안에 도착할 거예요."

"엄마, 곧 도착한대."

"알았어."

수연은 곁을 지키고 있는 딸에게 고마운 마음이 들었다. 하얀색 승용차 차주가 다시 수연에게 다가왔다.

"오토바이 운전자는 팔이 부러진 것 같고요. 무릎이 도로에 갈려서 피가 너무 많이 나고 있어요. 혹시 차 안에 구급상자 같은 거 있나요?"

"네 있어요."

다행히 호민이 평소에 코피가 많이 나서 거즈가 있는 구급상자를 구비해 두고 있었다.

"이리로 주세요."

"어? 구급차 온다."

"어… 다행이다."

수연은 다리에 힘이 풀려 풀썩 도로 위에 주저앉았다.

"일어나세요. 여기 앉아계시면 위험해요."

구급대가 도착하여 구급대원이 물었다.

"환자는 어디 있죠?"

"저기 있어요."

"야! 들것 가지고 와."

구급대원들이 들것을 들고 빠르게 환자에게 간다. 수연은 자연스레 오토바이 운전자를 쳐다보았다. 그리고 경악을 금치 못했다. 오토바이는 박살이 나 있었고, 운전자는 팔이 도로에 갈려서 피가 철철 나고 있었다. 저렇게 피가 많이 나오는 건 본 적이 없는 그녀는 손이 덜덜 떨리고 입술이 파래졌다. 수연은 정신없이 구급차에 타서 응급실로 향했다. 응급실로 도착한 뒤 구급대원과 의사가 이야기를 나누는 소리가 들려왔다.

"언제 사고 났어요?"

"사고 시각은 16시 20분으로 추정됩니다."

"흠… 그래도 지금 출혈이 많이 멎었군요. 일단 링거를 꽂고 수혈하면서 봉합하면 될 것 같네요."

"그리고 오토바이 운전자분 이름이 뭐죠?"

"최민석입니다."

수연은 처음으로 오토바이 운전자의 이름이 최민석이라는 것을 알게 되었다. 한숨 돌리고 나서 수연은 남편에게 전화를 걸었다.

"여보, 내가 차로 오토바이를 쳤어."

"뭐?"

"오토바이가 내 차에 박았어."

"누가 먼저 박았다는 거야?"

자초지종을 들은 수연의 남편은 오토바이 운전자가 진상일 수도 있으니 강하게 나가라고 했다.

"내가 곧 있으면 응급실로 갈게. 어디 응급실이야?"

"서산 의료원으로 이송됐어."

"알았어. 20분 안에 갈게."

수연은 안 깨어나는 최민석이 걱정되는 것도 있지만 남편의 말대로 진짜 진상일 수도 있겠다는 생각이 들었다. 수연은 의사에게 물었다.

"최민식 환자 상태가 어떻죠?"

"출혈로 인해 쇼크가 와서 잠시 기절한 거뿐이에요. 바이탈도 괜찮고… 곧 깨어날 거예요."

그때 최민식의 신음이 들려왔다. 수연은 남자가 깨어났다는 데서 조금 안심이 되었지만 이내 불안에 휩싸였다. 보통 이런 일이 발생하면 지나치게 손해 배상을 요구하는 경우가 많지 않나, 자기 잘못은 생각하지 않고 막무가내로 나오는 사람들을 너무 많이 봐왔기 때문이다. 너무 만만한 모습을 보이면 상대가 어떻게 나올지 모른다고 생각한 수연은 표정을 가다듬고 말했다.

"저기, 좀 정신이 드세요?"

"네, 좀 괜찮아졌어요."

둘 사이에 어색한 공기가 흘렀다.

"저…."

"저…."

"먼저 말씀하세요."

"죄송해요."

수연은 일단 사과부터 해야겠다고 생각했다.

"죄송할 필요 없어요. 제가 박은 거니깐요. 좀 놀라셨을 것 같은데 괜찮으세요?"

"네… 저야 괜찮죠? 근데 너무 많이 다치셨는데. 병원비며 사고 처리며 법적으로 따져보고 싶으시면…."

"아니요."

오토바이 운전자가 수연의 말을 끊었다.

"제가 왜 병원비를 청구하고 법대로 하자고 하겠어요. 오히려 저에게 배상을 요구하셔야 되는데요?"

"네?"

오토바이 운전자는 수연이 그렇게 걱정하던 진상은커녕 상식이 통하는 사람이었다. 수연은 아직 대한민국은 살 만하다는 것을 느끼며 안도의 숨을 내쉬었다.

part 3

백지 위 무한한 가능성의 세계

## 바로 나

덩치가 큰 아이가
따라온다

갑자기 오더니
코끼리를 들어
나에게 던진다

왜 그런지 생각해보니
이유가 없었다

주위를 둘러보니
나와 같이 있다

## 난 계속 올라간다


내 아래 있는 친구들은 날 믿고 있겠지
난 친구들을 살리려 올라간다


자신이 힘든지도 모르고 계속 올라간다
나는 화가 났다
하지만 난 오늘도 살리기 위해
계속 올라간다

## 여러 명이 돼버린 나

잠을 잔다
그러자 앞에 보인다

코끼리를 들어 나에게 던지는 나
화를 참기 힘든 나
신나서 계속 떠드는 나

일어나 보니 나는 또 다른 나를 데리고 산다
여러 명이 되어버린 나

## 배고픈 날

아침밥을 먹은 날도
안 먹은 날도
시간 지나면
배는 운다

음식을 떠올리며
침을 흘려도
배는 운다

점심은
블랙홀을
가득 채워
배를 달랜다

## 성난 황소

누우면 성난 황소가
나타나

나무들은
천적을 만난 듯
공포에 얼어 버린다

황소는 발자국을
남기며

송곳 같은 뿔로
상처를 낸다

너 때문에 나와
내 벗들도
아파한다고

황소는 앞길을

막는 걸 모두

무시하며

달린다

**종이**


연필이

종이 위에

놀면

종이는

까매지며

화를 낸다


종이가

접히고 접히며

커져

높이

올라간다


종이가

오랜 시간

살아

구겨지면서

종이는

낡고

있다

## 겨울

추운 날
눈 오는 날에
오는 계절

눈을 만지고 싶을 때
생각나는 계절

나뭇잎 사라지고
가지만 남은 나무가 보이는 날
생각난 계절

하얗게
보이는 날
겨울

**졸음**


따뜻하게 누워있고 싶은 날 찾아오는

졸음


늦게 난 날 오는

졸음


하품하며 몰려오는

졸음


서로 섞여 하나가 된

졸음

## 친구

혼자가 싫어서 친구를 만나기 위해 날아다닌다
우리는 왜 친구를 만날까?
사람은 혼자가 있으면 외롭다

참새도 마찬가지이다
참새는 다시 날아다닌다

다시 친구를 만나기 위해
우리도 다시 입을 연다
친구를 사귀기 위해

**착각**


일요일 밤 8:30
나는 또 쫓기는
사람이 된다
펜을 잡고 책을 편다
쓰고 풀고 쓰고 풀고…


얼마나 지났을까 10분, 20분
2시간, 이 정도면 많이 했지
또 늪에 빠진다


그러고는 꿈에서조차
우물 안 개구리처럼
착각하고 또 착각하며


많이 왔다고 생각
하지만 아직
반조차도 오지 않았다

## 어찌할 수 없는 사이


지나가던 어느 한 나그네가 말하기를
태양은 마치 보석을 비추는
빛처럼 밝게 빛나는데
달은 왜 그렇지 못하오?


답하기를 나는 태어날 때부터 그랬소
내가 생각하길
아, 태양과 달은 마치 운명처럼
어찌할 수 없는 사이구나


모두가 여리고 여린 자그마한 아이를
하나씩 가지고 그처럼 되려 악을 쓰나
대부분이 그리될 수 없으니
태양과 달은 어찌할 수 없구나

## 시든 꽃

나는 나무에서 떨어졌어
나는 시들고 싶지 않았는데
언젠가는 다 시들어서 떨어지기 때문에
내가 먼저 시든 건가 봐

친구들과 떨어져서 슬프긴 하지만
그래도 친구들도 곧 시들어서
내 옆으로 떨어지겠지

언젠가는 다 시들게 되잖아
시들어서 떨어지면
언젠가 내 옆으로 오겠지

떨어져서 잎이 생기고
또 떨어지고 반복하겠지
세상에서 시들지 않는 것은 없잖아

## 알람


매일 같은 시각 알람처럼

전화가 울린다


이제는 누군지 아는 그 사람

항상 반가운 듯한 목소리

이제는 뻔한 인사

항상 같은 알람 소리만 울린다


지루해질 만한 알람 소리에도

알람은 10년째 울리고 있다

# 집

집 가고 싶다.
매우 열정적으로 가고 싶다.


나이를 속이는 수학
지렁이 같은 영어
읽어도 읽어도 끝나지 않는 국어


그때마다 집이 생각나네
구름같이 몽실몽실한 이불
누우면 금세 잠이 올듯한 베개
집을 나올 때마다 항상 그리워지네

## 추억

가끔 가만히 있을 때면
추억을 하나씩 꺼내어 본다

즐거운 추억은
자주 꺼내어 보고 싶은 회상
선명하게 색칠하고 싶은 욕심이 나온다

슬픈 추억은
가장 깊숙이 숨기고 싶고
검은색으로 물들인다

그러다가 망각이라는 폭풍이
전부 휩쓸어 간다

**오늘도 만난다**


오늘도 그가 온다
오늘은 또 어떤 고민을
만날지 모르겠다

그는 허공에 말하듯 속삭이지만
나는 듣고 삐걱거리며
고개를 끄덕인다

그가 슬플 때면 나도 함께
흐느끼며 앞뒤로 움직인다

그러곤
유유히 자리를 뜬다

**반복**


이른 아침 작은 학교
태극기가 반복해서 휘날린다


거울에 비추듯이
계속 휘날린다


거울은 태극기를 비추지 않고
항상 나를 비춘다


어느샌가
거울은 나를
팔천 번째 비추고 있다


오늘도 나를 만나러 오는 거울

## 나무의 마음

난 잎이 없어진 나무
시간이 지나 잎이 생겨도
다른 이에게 잎을 뜯긴다

난 잎이 없어진 나무
자유를 찾아 잎이 생겨도
들리는 찰칵 소리
난 잎이 없는 나무

## 해와 달


작은형은 태양이고
나는 달이다


작은형은 아침에 가서
밤에 돌아왔다
내가 못 하는 것을
당연하다는 듯하는 형처럼
나도 되고 싶었다


언제부턴가
작은형은 태양이고
나는 달이었다

## 산이 나를

산이 나를 부른다
거기로 가지 말라고
여기로 오라고
손짓한다
하지만 나는 나를
밀어내는 길을 선택한다

가고 싶다
허나 그럴 수 없다
나는 산에게 침묵을 지킨다
언제쯤 갈 수 있을까

산은 나를 끌어당긴다

## 변한 것


작은형은 존경이다
언제나 변하지 않을 것 같던 존경
언제나 밀리지 않을 것 같은 존경

어느 날 그저 작은 일 하나로
나는 존경을 잃었다
그저 나는 존경을 밀었다
그저 그 정도만으로 존경을 잃었다
나는 믿기지 않았다
그렇게 존경이 쉽게 밀리고 변하는 것인지를

작은형은 동경이었다

# 기억 파도

나는 오늘도 구겨진 종이처럼 생각이 똘똘 뭉쳐있었다
원래 있던 구겨진 종이들을 내보내면
다른 구겨진 종이들이 들어와 나를 괴롭혔다
뾰족하게 쿡쿡 찌르는 종이들을 내보내던 도중
어딘지도 모르는 곳에 왔다
길을 잃어버려 구겨진 종이들과 함께 걷던 도중
풍덩
갑자기 파도가 나를 삼켜버렸다

생각보다 물속은 편안했다
하지만 무언가 괴로웠다
숨을 쉬고 싶어 올라가려는 나를
파도는 나를 비웃는 듯
나를 더 깊은 곳으로 끌어내렸다
한참 뒤 아직도 나는 그곳에 갇혀 있다

## 떨어진 꽃잎


햇빛이 아름다운 하늘 아래
무의식적으로 잔디에 앉았다
하나둘 내 곁으로 일렁거리며 떨어진 꽃잎들


너는 왜 떨어졌니?


아무 말 없이 하늘만 쳐다본다
그러다 아른아른하며 시들어간다


흙으로 돌아가는 게 싫어?
......


하늘도 나무 위에서 많이 봤을 텐데 하늘만 본다
점점 더 시들어가며 아무 말 없이 꽃잎은 하늘만 본다


다 흙으로 돌아가기 마련이야
마음으로 나한테 전해준 듯 점점 시들어가는 꽃잎

다음날

또다시 잔디에 앉았지만

그 꽃잎은 더 이상 내 옆에 없었다

## 작은 인형


몽실몽실 솜으로 가득 차있는 작은 인형
행복한 듯 작은 인형은 웃는다


사람들과 만난 작은 인형
작은 인형은 자신이 닳는 것도 모른 채
작은 무대에서 혼자 춤을 추며 사람들을 만나길 바라고 있다


이틀 춤을 추던 인형은
인형에 표정이 날마다 바뀐다


몽실몽실 솜이 삐져나온 인형
더 이상은 고칠 수 없는지 껍데기를 뒤집었다


몽실몽실한 솜이 없는 인형
껍데기를 뒤집어 일그러진 작은 인형은
다른 천들을 덧붙여서 본 모습을 감춰버렸다

## 스노우볼

위아래로 흔들흔들 흔들면 눈이 온다
작은 글리터들이 위에서 아래로 떨어진다

작은 피겨들로 가득 찬 유리공
유리공을 흔들면 작은 피겨들이 나온다

작은 집들과 땅에는 글리터가 쌓인다
그리고 가만히 있는 나에게도 쌓인다

## 우리 갱얼쥐

배에 코를 박는다
냄새를 맡는다
킁킁
구수함이 올라온다
흡, 하, 킁카킁카
배가 보들보들
웃음이 절로 나온다
히히히히히킥킥킥
귀여워
뽀뽀하게 일루와
**뽑뽑뽑 쪽쪽쪽**

## 찾아온 손님

갑작스럽게 온 손님
따뜻한 마음으로 오셨지만
어느 순간부터 물방울 고이는 듯이
내 마음에 차오르고 있습니다

벚꽃 나무에 스며들고 있는 그대
나도 그대에게 스며들고 있습니다

봄이 올 때만 오는 그대
갑작스럽게 찾아와도
기쁜 마음으로 반겨줄 수 있습니다

**국어**


계절은 저마다 답이 존재한다

여름은 더움과 장마,

가을은 선선함과 단풍,

겨울은 추위와 눈,

하지만 봄은 답이 정해져 있지 않다


봄은 우리 몸을 감싸는 따스한 바람도

차가운 바람이 되고,

상쾌한 날씨에 비도 오고 눈도 온다


다른 계절은 정답이 존재하지만

봄은 정답이 정해져 있지 않다

그것이 내가 봄을 좋아하는 이유인가 보다

## 봄

봄이 오면
새롭게 시작한다
3학년이 되고 다시 친구들 만나고
나이는 먹어도 바뀌지 않는 말
추위가 많이 사라졌다, 봄이 온 것 같다

봄,
왠지 모르게 짧은 거 같다
꽃이 피긴 했는데 신경 안 쓴다
옛 생각이 나지만 벚꽃을 보면 사라진다
봄도 금방 기억에서 사라진다
나 빼고 많이 달라졌다
나만 그대로인 건가 그런 생각도 한다
나도 바뀌면 좋겠다
이제 여름을 생각한다

그리고 새롭게 시작한다

단어


이기적인 난
나만 생각한 날이 많다
없었던 날이 없다


나만 생각하다가 싸움은 커지고
나만 생각해서 우리 싸움이 커진다


이런 말을 해도 너의 아픔은 안 사라지겠지
이 마음이, 마음이 떠난다는 의미 아닐까


사랑이라는 표현을 이렇게
초라하게밖에 표현 못 해서 미안해

## 엄한 엄마

내가 생각하는 나의 엄마는
다른 친구들의 엄마보다 경험이 더 많은 사람
그러므로 우리 엄마는 나에게
잔소리 같은 조언이 많다
엄마는 잔소리 같은 조언을 들어 좀 보고 싶다 했다

난 이해한다
어렸을 때 엄마가 받지 못했을 관심
그래서 난 이해한다

그녀는 엄마
우리 엄마

## 다섯 글자

밥먹고싶다
밥다먹었다
집가고싶다
아배고프다

드뎌버스네
드뎌집가네
건호형롤ㄱ
갱좀오라고
야바론ㄱㄱ
아미드차이
아잠오는데
먼저자러감

**가을**


공허함

쌀쌀함

광활함

쓸쓸함

고요함


소중함

## 우리 오빠

우리 오빠는 알 수가 없다
하루 종일 게임만 하는 우리 오빠
오빠가 기숙사에 가기 전엔
같이 지내는 게 싫었다
지금은 집에 혼자 있다 보면 문득 드는 오빠 생각
맛있는 음식이 생각날 땐 나도 모르게 오빠 것까지 산다
가끔 지나가다 보면 오빠와 함께 다녔던 길이 생각난다
학교에서 우리 오빠를 욕하면 화가 난다
하지만 내가 욕했을 땐 화가 나지 않는다
매일 싸우지만 그래도 오빠는 내 오빠다

## 이상한 기분

그럴 때가 있다

사람들은 다들 시끌벅적 움직이는데
나만 멈춰있는 기분
하루를 보내고 집에 돌아와 아무도 없을 때
마음이 적적한 기분
잠들기 전 폰을 옆에 뒀을 때
우울해지는 기분
새벽에 일어났는데 조용하고
창문 너머 차가 지날 때
멍때리게 되는 기분

이런 기분은 누구나 다 느끼는 것 아닐까
이 기분들이 누군가의 지친 마음을
달래줄 수 있지 않을까?

**박혜미**


포탑골드 너 혼자 먹어
와드막타도 너가 다 먹어
위험한 상황일 때는
제일로 먼저 달려가줄게


창노사 캠핑도 갔네
과외 콘텐츠도 하네
코르키

고기


소고기

돼지고기

양고기

종류가 많다

꽃등심

부채살

앞다리살

삼겹살

오겹살

## 하늘

하늘이 기분 좋은가 보다 맑다
하늘을 보다 보면 시간이 가는 줄 모른다
하늘과 나를 하나로 잇는 것 같아 마음이 편하다

비가 오면 찾아오는 손님이 있어 귀를 기울인다
투둑투둑 하나둘 손님들이 창문을 두드린다

다시 하나하나 사라질 즈음 창문 밖으로 여러 태양이 떠오르고
하늘과의 인생을 또 하루 보낸다
내일이면 나를 맞이하는
또 다른 것들이 하루하루를 바꾼다
같은 하루도 달라질 것이니까
언젠가 다 같이 하늘을 볼 날이 있을지 기대한다

## 가을

더운 여름이 지나고 온 가을
쌀쌀하고 시원한 가을
벌써 가네
어서 와 겨울

**친구**


안녕
3월이며 항상 전학 오는 친구,
봄


오늘도 내게 다가와 말한다
잘 지내보자
또 시작이네


저번 달엔 친절하고 저번 주는 화만 내고 어제는 울기만 하고
오늘은 친해져야겠다, 마음을 갖지만


안녕
어김없이 5월이면 전학 가는 친구,
변덕쟁이 봄

## 봄이 왔네

주변 모든 게 봄이 온 걸 알리듯
새 학기를 향한 발자국 소리
꽃이 활짝
햇빛이 우리를 반기고
따스히 불어오는 봄바람
모든 게 봄이 온 걸 알리네

## 학원

나는 지금 왜 여기 있지?
나는 졸린데 왜 잠을 못 자지?

나는 공부를 왜 하지?
나는 공부를 왜 못 하지?

나는 왜 시간이 없지?
나는 왜 시를 못 쓰지?

part 4

아듀 2022년

# 나의 중학교 3년

중학교 생활이 거의 끝에 다다른 2022년, 나의 중학교 3년의 생활을 되돌아보며 이런저런 생각을 적어본다.

나의 중학교 입학은 굉장히 어색했다. 입학하는 그해에 코로나바이러스가 터져서 줌으로 입학식을 했다. 알던 친구들은 있었지만 모르는 사람들이 대부분이었다. 어색한 상황이었다. 이러한 입학식이 처음이라 어색한 것도 있었지만, 새로운 사람들을 만난다는 기대감과 어색함이 함께 했던 기억이 난다. 난 새로운 친구를 사귀는 것을 어려워하는 아이였으니 이러한 감정은 더더욱 가슴 깊이 와닿았다.

시간이 지나 등교를 하게 되고 화면 속으로만 보던 얼굴들, 장소를 내가 직접 보게 되었을 때 실감이 나지 않았다. 설레는 마음이 더욱 커지고 동시에 어색함을 감추지 못하였다. 또한 선배들의 과도한 관심으로 부담스럽기도 했다. 하지만 이러한 것도 새로운 출발이라고 생각했다.

우리 반은 1학년 때 엄청 조용했다. 심각할 정도로 반에만 있었고, 수업을 잘 들었다. 교무실에 가면 1학년 칭찬이 자자했고, 그 말들을 들으며 더 잘해야겠다는 생각이 들었다. 담임선생님이 아직도 기억난다. 너무 어색했던 나를, 우리를 잘 보살펴 주셨다. 어색해하는 우리를 위해 농담도 해주시고 분위기를 풀어주시려는 노력을 많이 해 주셨다.

또한 같은 반 현근이가 사람을 잘 대해줬다. 나에게 먼저 인사를 건네주고 먼저 다가와 주었다. 때로는 부담이 되기도 했지만, 그래도 친구의 관심을 받아서 좋았다. 사람에게 친근하게 다가가는 현근이는 우리 반 분위기 메이커였다. 그 덕분에 친구들 사이가 가까워졌다. 현근이를 1학년 때 처음 본 것은 아니다. 중학교 입학 전 겨울방학 현근이가 나를 보고 인사를 해주었지만 내가 받아주지 않았다(그 당시 낯가림이 심했다는 것).

이런 나에게 먼저 다가와 준 선배인 대성이 형도 있다. 형은 지금까지도 가장 친한 선배이다. 주로 반에만 있던 나에게 교실 밖에서의 생활도 재밌다는 것을 알게 해준 둘도 없는 소중한 사람이다. 대성이 형은 떠나가는 그날까지도 나와 얘기하고 게임도 하고, 고민도 들어줬다. 형은 나에게는 잊히지 않을 사람이 되었다.

그리고 선생님들께서도 나에게 관심과 기대를 많이 가져주셨다. 기대에 부응하지 못하고 시험 기간에 놀기만 했으니 정말 죄송하게 생각한다. 조금이라도 더 노력해서 선생님들의 기대만큼 해냈다면 어땠을지 아쉽다. 내가 가장 신뢰하는 선생님 중 하나인 과학 선생님께서 나에게 어디 가서도 경쟁력을 잃지 않았으면 하는 바람에서 조언해주신 것도 기억난다.

"공부를 열심히 해라. 다른 곳에서도 이런 성적이 나올 수 있다고 생각하면 안 된다"라는 말이 감사하게 들린다.

나에게 가장 인상 깊었던 것은 3학년이 끝나기 전 내가 썸을 탔다는 것이다. 썸을 타던 도중 수학여행을 갔는데 그때 특히 더 그 아이를 챙겼다. 경복궁에 가서도 잘 있나 하면서 친구들 모르게 챙겨주고, 롯데월드에 가서도 눈이 그 아이에게 고정이 되어있었다. 사람들이 많아서 부딪히고 다닐까 걱정이 되고 길 바깥쪽에서 걸으면 항상 안쪽으로 걷게 해줬다. 이렇게 아무렇지 않게 챙겨주는 게 얼마나 설레는지 아느냐고 그 아이가 말했을 때 솔직히 좀 많이 뿌듯했다. 내가 얼마나 세심하고 조심스럽게 챙겨줬는지 우리 반 친구들 아무도 모르고 있었다. 3년 동안 연애라는 것에 관심이 없던 내가 썸 타는 얘기를 하니 친구들은 엄청 신기해했다.

"네가 썸을?"

한동안은 나의 이야기가 한 시간 수업을 잡아먹기도 하고, 모든 관심이 나의 이야기로 집중이 되었다. 그리고 그 썸을 끝내고 연애를 시작했을 때 정말 행복했다. 내가 행복을 정확하게 정의 내리는 것은 어렵다. 하지만 곁에 내가 사랑을 줄 수 있는 사람이 있다는 게 행복이지 않을까?

돌아보면 중학교 생활은 나에게 너무나도 값진 경험이었다. 처음에는 어색한 장소에 어색한 사람들과 같이 생활한다는 게 힘들었지만, 그것을 이겨내고 성장한 나를 보게 되었다. 또한 사랑하는 사람이 만나게 되어 행복한 추억을 간직하게 되었다. 중학교 시절의 나는 어색한 걸 어려워하기도 했고, 때로는 우왕좌왕하는 철없는 아이였지만 시간이 지날수록 생각이 깊어지고 성장한 내가 되었다. 근흥중학교에서의 3년은 내가 꼭 겪어야 할 관문이었다.

## 여전히 크는 중

2020년, 내 인생의 절반을 보낸 초등학교를 벗어나 중학교에 가는 게 무서웠다. 새로운 선생님들과 선배들 만나는 게 왠지 모르게 싫었는데 입학이 늦어지고 온라인으로 개학해서 그런가 오히려 괜찮았다. 5월이 되어 처음으로 체육관에서 다른 학년과 함께 모였는데 형들이 앞에 나와서 1년 동안 잘 지내보자고 할 때 중학교도 별로 다른 게 없다는 생각이 들었다.

건이랑 건호 다시 만나고, 수업 시간도 단축되어 40분이라 좋고, 공부가 어렵긴 했지만 다른 거는 모든 게 좋았다. 처음 왔을 때는 뭐 하고 놀지 생각했는데 형들과 반 애들하고 놀면서 그 생각은 금방 사라졌다.

선생님 중에서 특히 김교학 선생님. 처음에는 무서웠다. 그런데 주말에 학교에서 짜장면도 사주시고, 밥 먹을 때 키 크라고 짜요짜요 하나 더 주셔서 좋았다. 체육 시간 때 배드민턴만 시키셨는데 나랑 건이가 너무 못 쳐서 보미보다 힘 약하면 어떡하냐고, 힘 좀 키우라고 운동을 계속 시키셨다.

담임쌤인 이진경 선생님과는 이야기를 많이 나눴다. 서른 살이셔서 계란 한 판이라는 말로 선생님도 놀리고, 폰 담당이어서 교무실에서 새콤달콤 맨날 먹을 수 있었는데 정말 폰 담당 선택은 좋은 선택이었다. 선생님과 함께 체험학습을 가는 으랏차차 프로그램이 있었는데 혼자 있는 걸 좋아하는 나인데도 막상 가보면 재미있게 잘도 놀았다.

중학교 오면서 생활도 바뀐 게 원래는 8시에 일어나서 학교 가는데 1코스 버스를 내가 제일 먼저 타야 해서 6시에 일어나서 밥 먹고 아침부터 부지런하게 준비했는데 지금 생각하면 왜 아침부터 고생했나 싶다.

2학년이 되고 박한울이라고 초등학교 때 전학 갔던 이상한 애가 돌아왔다. 5월에는 딱 150cm가 되었다. 이제 크는 건가 생각했다. 계속 1학년으로 있다가 2학년이 되니까 정재형 선생님이 공부하라고 말로 스트레스 준다고 하셨다. 처음 시험을 보는 날 15년 인생 첫 시험을 그렇게 망쳤다. 1교시가 수학이었는데 다 못 풀고 알지도 못해서 포기했고, 다른 과목은 그런대로 잘 봤다. 시험 끝나고 평소에 놀기만 했으니 이제부터라도 공부해야지 했는데 작심삼일도 사치고, 다음 날 바로 그 마음이 사라졌다. 다음번 성적표를 보고 더 충격을 먹었지만, 다음 날 또 괜찮아졌다.

어느새 3학년이 되어 시간 정말 금방 간다고 생각했는데 수업 시간은 여전히 느리게 가더라. 형들이 다 졸업하고 선생님 몇 분도 다른 학교로 가셔서 어색했다. 그리고 키가 160cm가 넘고 계속 크고 있다.

방학 때는 처음으로 알바를 했다. 연포해수욕장에서 했는데 처음에는 놀러 갔다가 돈을 벌어 쓰고 싶어서 처음으로 알바를 경험했다. 산이랑 같이 풀장 관리로 시작했는데 다 어렵다고 느꼈지만, 많이 힘든 건 아니었다. 아침에 와서 풀장 위에 있는 쓰레기 다 버리고 모래 닦고 좀 쉬다가 조금씩 손님 오시면 돈 받고 그걸 계속했다. 그 돈으로 상원이 형이랑 세븐일레븐 가서 도시락 먹고 산이 있을 때는 CU가서 라면도 먹었다. 바다를 보면서 먹었는데 그 기분이 좋았다. 가끔은 어떤 손님이 옆에 카페가 있어서 스무디도 사주셨는데 진상 손님만 있는 게 아니구나 싶었다. 방학 동안 알바 하고 개학 때쯤 살이 엄청 타서 신기했다. 어떻게 이렇게 될 수 있는지 내년에는 무조건 선크림을 발라야겠다고 생각했다.

10월에 드디어 수학여행을 서울로 갔는데 2박 3일로 가는 건 초등학교 때 이후로 처음이었다. 한강에서 유람선을 타고 나와서 1시간 동안 뭐 하지라고 생각했는데 앞에 자전거를 빌려주는 곳이 있어서 종겸이, 산이, 병훈이랑 한강에서 아주 신나게 달렸던 것이 기억에 남는다.

중학교 마지막 시험을 치르는데 떨리는 게 없었다. 왜냐하면 이미 망한 걸 알았기 때문이다. 시험도 다 끝나고 3년이 참 빨리 갔다고 느꼈다. 이제 고등학교 원서 쓰는데 태고를 갈지 부석고를 갈지, 중학교에서 하는 마지막 고민인 것 같다.

# 선물 같은 학교

　근흥초부터 근흥중까지 학창 시절 절반 이상을 근흥에서 지냈다. 이제 졸업이 별로 안 남았는데 조금 후련한 마음이 든다. 1학년 때 근흥중 자체가 웅장해 보였고, 중학생이 되었다는 것도 설렜다. 지금 학교를 보면 그런 느낌이 들지 않는다. 초라해 보이는 것까지는 아닌데, 3년이란 시간이 흐르고 익숙해져서 그런 게 아닐까?

　코로나 때문에 입학식이 미뤄지고 줌으로 입학식을 했을 때가 생각난다. 5월 20일, 따뜻한 봄이 되어 처음으로 근흥중 1학년 교실로 들어갔다. 6명 중 혼자 여자라서 이것저것 걱정을 하면서 들어갔지만, 선생님들과 언니, 오빠들이 잘 챙겨주었고 특히 담임선생님과 우리 반 애들이 나를 배려해주고 도와줘서 금방 적응이 되었다. 현근이랑 진성이는 초등학교 때부터 봐와서 서슴없이 대화를 했는데, 건호와 별, 건은 초등학교 때도 두세 번 봤지만 어색한 기운이 돌았다. 그렇게 처음엔 낯을 가렸는데 재밌는 아이들이라 금세 친해졌다. 코로나 때문에 체험활동을 많이 못 해서 1학년 때 추억은 많이 없다.

　2학년 땐 새로운 친구 한울이가 왔다. 첫인상은 장난꾸러기 같앉다. 다른 애들이랑 다 아는 사이라서 나랑은 친해지기 어려울 것 같았는데 얘도 금방 친해졌다. 먼저 한울이가 날 약 올리면서 화나게 만들어서 한 달 만에 친해졌다. 우리는 총 7명이 되었다.

2학년 들어서 첫 시험을 치르게 되었는데 부담감이 많았다. 그동안 공부를 해왔던 내 실력을 볼 수 있는 첫 기회라서 엄청 떨리면서 은근 스트레스를 받았다. 시험을 본 후 결과가 너무 충격적이라서 더 열심히 해야 하는구나 생각했다. 두 번째 시험도 망했을 때는 '아….' 탄식을 하면서 2차 충격을 먹었다.

2학년 시절 중 제일 기억에 남은 기억은 바로 정재형 선생님께서 장학사님이 되셨을 때 깜짝 파티를 하려고 열심히 준비했던 일이다. 연말이기도 해서 반 교실을 예쁘게 꾸미고 케이크도 준비하고 롤링 페이퍼도 해서 깜짝 파티를 성공했다. 2021년 추억에서 가장 기억에 남는 일이다. 아마 새로운 시작을 축하해드리고 이별을 하는 것이라 머릿속에 남는 게 아닐까?

몸만 커지면서 3학년에 올라왔다. 3학년 교실로 들어가면서 애들이 조금 성숙해진 느낌을 받았다. 건호는 살이 빠지고 키가 큰 모습이고 별이는 나보다 작았는데 커진 모습이었고 그나마 한울이는 똑같아서 기뻤다. 진성이는 얼굴이 성숙해지면서 키가 커졌고 현근이는 자연 곱슬과 몸이 더 커졌다. 건이도 키가 조금 더 큰 것 같지만 다른 건 똑같아서 음, 다행이라고 생각했다.

3학년 들어오면서 학생회장단을 뽑는데 거기에 내가 나간 것이다. 현근이와 솔아랑 한 팀으로 나갔는데 운이 좋게 학생회장단이 됐다. 나는 2학년 때 부회장을 한 경험으로 이번엔 회장에 출마했는데 솔직히 준비하면서 떨리고 내가 학생 대표를 해서 잘할 수 있을까 하는 고민도 있었다. 당선이 되어 좋기도 하고 동시에 부담도 되었는데 돌아보면 좋은 경험이었다.

3년 동안 솔직히 혼자 여자라서 화장실 같이 갈 친구도 없고 속마음을 털 친구가 없어서 외롭긴 했었지만, 그래도 6명들과 잘 지내고 친한 동생들도 있어서 근흥중 3년을 잘 보냈다(중간에 혜지가 와서 나머지 한 학기를 더 즐겁게 보냈다. 혜지랑은 친구소개로 친해져 가깝게 지내서 잘 보낸 것 같다.).

근흥중은 나에게 꿈을 심어준 곳이다. 간호사라는 직업을 갖게 되고 하나하나 준비를 할 수 있어서 기뻤다. 그리고 3년 동안 선생님들께서도 도움을 주셨다. 지금은 간호사 멘토 선생님과 연결이 되어서 간호사에 대한 이야기를 들을 수 있어 도움이 되고 있다. 근흥중은 내게 선물 같은 존재이다.

## 바람의 전학생

나는 중2 때 근흥중으로 전학을 오게 되었다. 건호, 별, 건은 초등학교 때 같은 학교를 다녀서 알고 현근이는 어렸을 때 같이 아동센터를 다녀서 알고 있었다. 진성이랑 보미는 처음 보는 사이였다. 현근이는 여전히 재미있었고, 건이랑 건호도 옛날이랑 똑같았다. 별이는 조금 많이 달라져 있었지만 다들 오랜만에 봐서 좋았다. 진성이의 첫인상은 되게 조용한 사람 같았고, 보미는 무서운 사람인 줄 알았다. 선생님들은 다들 너무 좋으셨다.

1년 동안 같이 지내보니 진성이는 조용하지만 재미있고 운동을 너무 좋아하는 사람이었고, 보미는 너무 무섭지는 않고 조금 무서운 사람이었다. 우리가 3학년이 되면서 2학년 때 담임선생님과 몇몇 선생님들이 다른 학교로 가셔서 슬펐지만 새롭게 좋은 선생님들이 오셔서 다행이었다.

1학기가 끝나고 코로나가 잠잠해지고 중학교에서 처음으로 서울로 수학여행을 가게 되었다. 서울로 가는 동안 친구들과 함께 버스에서 게임을 즐겼다. 첫날 제일 기억 남는 건 한강에 가서 자전거 타고 유람선에서 맛난 걸 먹은 것이다. 둘째 날에 가장 기억 남는 건 남산 타워와 난타 공연이었다. 남산 타워로 가는 케이블카를 타고 남산 타워에 도착해서 유명한 돈가스집에서 돈가스를 먹고 친구들과 같이 남산 타워를 구경했다. 난타 공연은 솔직히 기대를 안 했는데 너무 재미있었고 좋았다.

다음날 일정은 롯데월드에 가는 것이었다. 나는 롯데월드 가기 전 현근이랑 어떤 걸 탈지 다 짜놓고 갔는데 생각보다 너무 사람들이 많아서 계속 돌아다닌 것 같다. 마지막에 퍼레이드 공연 끝나자마자 바이킹을 타러 가려고 계획을 세웠는데. 우리와 같은 생각을 사람들이 많아 결국 바이킹마저 타지 못하고 결국 집으로 갔다.

수학여행이 끝나고 날 기다린 건 기말고사였다. 엄마, 아빠가 공부하라고 스터디 카페에 보내셨다. 솔직히 거기서 공부는 한 10% 정도 하고 나머지는 잠을 잤다. 그렇게 약 한 달이 지나고 시험을 봤다. 솔직히 내 기준으로 2일 차까진 잘 본 것 같았다. 하지만 마지막 날 엄청 망했다. 그래도 너무 개운했다.

중학교 시절을 뒤돌아본다. 중학교 시절 난 수업 시간에 많이 잤다. 그리고 난 시험 점수에 막 연연해하지 않은 것 같다. 2학년 때 근흥중에 전학을 와 오랜만에 친구들도 보고 새로운 친구들과 선생님들을 보니 정말 전학 오길 잘했다. 근흥중에서 안 좋은 추억보다는 좋은 추억이 더 많아 좋았다.

## 어느덧 자란

2020년, 초등학교를 졸업하고 나서 어느덧 중학교에 입학하게 되었다. 중학교 입학 날 나는 긴장하고 있었다. 중학교는 초등학교보다 더 엄격하고 엄한 곳이며, 선후배에 사이가 깍듯하다는 이미지가 박혀있었다. 게다가 코로나로 인해 입학 시기도 늦어져 떨리는 마음이 더했다. 하지만 입학식을 하고 나니 정작 중학교에 대한 이미지들이 바뀌기 시작하였다. 선배들도 잘 챙겨주시고, 선생님들도 우리를 친근하게 대해주셨다.

중학생이 된 이후로 가끔 생각하는 것이 있었다. 나의 꿈은 무엇인가에 대해 고민이었다. 진로 시간에 매번 꿈이 무엇이냐는 질문에 답하지 못하였다. 그럴 때마다 나는 나 자신이 한심했다. 자신이 잘하는 것 하나 모르다니. 이런 날이 계속되던 중 TV에 군인이 나왔다. 군인이 노인분들을 위하여 연탄을 옮기고, 휴가임에도 수해를 복구하러 참여하는 모습이 정말 멋있게 느껴졌다. 그러다한 가지 생각을 하게 되었다. 군인의 어떤 모습을 보고 내가 멋있다고 느껴졌을까?

어느 날, 친구가 힘들어하는 것 같아 대신 무거운 것을 들어주었는데 힘들기보단 뿌듯한 마음이 앞섰다. 그때 나는 생각했다. 나는 군인이 자신을 희생하는 모습이 정말로 멋있어 보였던 것이다. 그렇게 나는 내가 죽을 수도 있는 상황이 와도 남을 먼저 생각하는 군인이 되고 싶었다. 나의 첫 꿈이 생겼다는 생각에 정말로 군 특성 학과가 있는 고등학교를 찾아보고 그 고등학교에 갈 마음을 먹었다. 체력을 키우기 위해 팔굽혀펴기, 윗몸일으키기를 하는 등 열심히 노력하였다. 하지만 나는 어느 순간 다시 돌아와 있었다. 마음을 다시 잡고 노력하여도 다시 되돌아오기만 하였다.

꿈을 향한 열기가 식어갈 때쯤 어머니에게 나의 꿈을 말씀드렸는데 너무 행복해하셨다. 어머니의 행복한 모습을 보고 나는 꿈을 포기할 수 없었다. 꿈을 위해 운동도 하고, 친구들을 도와주며, 고등학교도 군 특성 고등학교로 진학 신청도 했다. 꿈을 위해 노력하는 자신을 보며 나도 열심히 하는 사람이라는 것을 알게 되었다.

중학교 시절 나를 돌아보면 나는 좀 이기적인 사람이었던 것 같다. 자기 할 말만 하고 남을 존중해 주지 않는 학생이었다. 하지만 군인이라는 꿈을 가진 이후 조금씩 남을 도와주는 사람이 되고자 노력하였다. 중학교 시절은 나에게 참 중요한 시절이 되었다. 중학교 시절이 있어 나의 꿈을 찾을 수 있었고, 나를 돌아보고 고쳐야 하는 점을 돌아볼 수 있는 날이었다. 내 꿈을 찾았으니 매일같이 포기하던 날들을 곱씹으며 앞으로는 꿈을 위해 무슨 일이 있어도 포기하지 않을 것이다.

## 가채점의 시간

중학교 친구들. 하나하나 추억이 많은 친구들.

김건호, 대전 국방과학연구소를 다녀왔던 초등학교 6학년, 나와 함께 가끔 불려가고 장학금을 받을 2020년에도 만났지만, 핸드폰만 하면서 내 인사를 받지도 않았던 나쁜 놈. 하지만 지금은 거의 가장 친한 친구. 지금은 봐줄 거다.

김별, 이 자식도 나쁜 놈이다. 7살 때 안흥 병설유치원에서 나의 유치원으로 넘어와 가끔 놀긴 했다. 국방과학연구소에 갔을 때 너무 반가운 나머지 인사를 했지만, 우리 착한 별이는 나에게 가운뎃손가락으로 인사를 해주었다. 그래도 봐줄 거다.

김보미, 얘는 나랑 가장 오래된 친구다. 초등학교 2학년 때부터 지금까지 쭈욱 만났다. 계속 장난도 치고 하는데 막상 고등학교 때 떨어지면 살짝 그리울 것 같기도 하다.

박한울, 얘는 솔로몬지역아동센터에서 처음으로 만났다. 초등학교 3학년 때. 키 차이는 아직도 여전한 것 같다. 언젠가 나의 키를 넘어줬으면 좋겠다.

유진성, 초등학교 3학년 때 처음으로 만났다. 처음에는 키도 작고 많이 내성적이었지만, 진성이는 나 덕분에 어느 정도 바뀌었다고 했다.

최건, 얘는 워낙 활발한 친구다. 나와 비슷해서 마음이 잘 통하는 것 같았다. 장학금을 받으러 갔을 때 나의 인사를 처음으로 받아준 친구가 건이였다.

김혜지, 음… 혜지는 전학을 와서….(쏴리)

사실 내가 처음부터 이렇게 활발한 성격을 가진 건 아니었다. 내가 1학년 때는 긴장도 많이 하고 부담도 많았다. 하지만 형들과 누나들이 너무 잘해준 덕분에 이렇게까지 변할 수 있었다. 지금 생각하면 너무 고맙다. 만약 내가 그들의 선배였다면 그렇게 할 수 있었을까 하는 생각도 든다. 지금은 내가 당시 그들과 같은 나이가 되었고 나도 당연히 지금 후배들한테 잘하고 있다고 생각한다. 후배들은 나를 어떻게 생각할까? 과연 지금 애들도 내 나이가 된다면 내가 해준 것처럼 해줄 수 있을까? 나는 내 나름대로 **훌륭하고 멋있는** 일을 했다고 생각한다.

나의 꿈은 계속 바뀌었다. 원래는 없었지만 해보고 싶었던 것은 많았다. 방송 PD, 유튜버, 기자 등등 하지만 이번에 꿈이 확실하게 정해졌다. 경찰이 되는 것이다. 평소에 디지털 기사를 좀 보는 편인데 어느 날 한 기사를 발견했다. 지금 생각하면 어떤 기사였는지는 기억이 안 나지만 가장 기억에 남는 것은 경찰의 표정이었다. 자랑스러운 일을 했고 그것에 대한 만족감이 보였다. 평소에 봤으면 아무 생각 없었을 테지만 자기 전에 봤더니 생각이 많아졌다. 정말 나도 경찰이 된다면 저런 훌륭하고 멋진 일을 할 수 있을까?

그리고 체육 선생님께 물어봤을 땐 경찰이 되려면 복싱과 유도를 배우는 게 좋다고 하셨다. 거절하실 것 같았던 부모님께서 한번 열심히 해보라고 학원을 끊어 주셨을 땐 진짜 감격의 눈물을 흘릴 수밖에 없었다. 내가 꽁꽁 싸매 왔던 것을 풀어버리니 그날 밤에는 편안한 잠을 잘 수 있었다. 그것이 가장 기뻤던 일이었다.

마지막으로 내가 중학생 시절에서 가장 크게 느낀 것은 그리움이다. 솔직히 중학교에 대한 그리움보다 솔로몬지역아동센터에 그리움이 크다. 내가 항상 다니기 싫다 싫다 했는데 요즘은 내가 고등학생이 되어가면서 아동센터를 생각하면 마음이 공허해진다. 최근에 선생님이 설문조사를 해달라고 하셨고, 중간에 다녔던 개월을 작성하면서 선생님이 내게 알려주신 개월 수는 142개월이었다. 대략 11년 하고도 10개월. 내가 이렇게 많이 이곳을 다녔나 생각을 해보고 출석부를 보았을 때 울컥하는 마음이 들었다. 나이순으로 된 출석부에서 내가 맨 앞이었지만 지금은 내 이름이 제일 끝에 있다.

센터에서 합창을 하는데 예전에 내가 맡았던 솔로 부분을 지금은 다른 아이가 부르고 있다. 그 아이도 내가 솔로 했을 당시 조그마한 아이였다. 하지만 지금은 그때 당시 나의 위치에 서 있다는 것이 너무 대견하면서도 나의 자리를 빼앗긴 것만 같은 질투심이 충돌하면서 내 안에 공허함을 만든다.

아, 사모님도 이야기도 해야겠다. 내가 7살이었을 때 오셨다. 처음에는 나보다 더 키가 크셨고, 내가 자랑하는 하나하나에 리액션을 열심히 해주셨다. 하지만 어느 순간부터 내가 사모님보다 더 커져 있었고, 이젠 다른 아이들에게 더 칭찬을 많이 해주신다. 질투라고 볼 수도 있지만 이걸 받아들일 수 있을 만큼 나는 성숙해졌다.

이제 고등학교에 가면 아동센터는 더 이상 못 다닌다. 하지만 뒷모습만 바라보고 슬퍼하고 아쉬워한다면 더 이상 앞으로 나아가지 못한다. 앞으로 나아가기 위해선 내가 느꼈던 그리움, 질투심, 아쉬움을 나의 자양분으로 삼아야 한다. 나에게 이런 일이 있기에 내가 이렇게 성장했다는 것을 느낄 수 있었던 것처럼.

나의 생김새를 생각하면 외적으로 많이 변했지만, 내적으로도 많이 성장한 것 같다. 지금 이 기회가 나를 되돌아보는 약간 가채점 시간인 것 같다. 어쩌면 평소에는 생각을 안 했던 것인데 이런 고민을 해볼 수 있어서 너무 감사하고 이제부턴 누구의 도움 없이도 나를 끊임없이 돌아볼 것이다. 이를 통해 나는 앞으로도 더 성장할 것이고 그 끝은 아무도 모른다.

# 묘한 기분

매일 똑같은 나무, 차, 도로들 나에게 익숙했던 풍경들이 시간이 지나면 서서히 잊히지 않을까. 나에게는 나쁜 기억도 아닌데 왜 잊어가게 될까. 창문 너머 보이는 풍경은 3년 전과 다름없다. 1학년에 입학했을 때, 모든 게 낯설고 어색했던 그때, 지금의 친구들이 내 곁에 있어 주었다. 처음 보는 친구도 있었고, 초등학교를 같이 나온 친구도 있었다. 김건호, 김별, 김보미, 유진성, 정현근. 이제는 이름만 들으면 익숙한, 조금 심하게 가자면 지겨운 이름들이라고 생각한다. 1학년 때에는 어땠을까. 다 어색했던 시절. 아직도 그들의 얼굴이 생생하게 떠올려진다.

김건호. 이 녀석은 뭐든지 열심히 하는 게 눈에 보인다. 초등학교를 같이 나와 그런 것일지 몰라도 김건호는 내가 가장 잘 아는 녀석이다. 관심사가 매우 비슷하고 성격도 나와 잘 맞았다. 그래서일까, 너무 내가 막 대하지 않았나 생각이 든다. 건호야 미안하다. 사랑한다.

김별의 이야기로 넘어가 봐야겠다. 김별 이 녀석도 초등학교를 같이 나온 친구이다. 김별 또한 뭐든지 대충하는 것 같지만, 자세히 보면 꾸준히 열심히 하는 애다. 내가 본받아야 할 점이라고 생각한다. 친구들을 대하는 태도 또한 본받아야 할 점이라고 생각한다. 말로 표현을 할 수 없지만 3년 동안 같이 지내면서 보이는 태도가 매우 친절하다.

김보미. 김보미는 리더십이 좋다고 생각한다. 3년 동안 쭉 지켜봐 왔지만, 정말 애들을 능숙하게 잘 이끌고 카리스마가 있다. 3년 동안 기둥이 되어주어 고맙다고 말해주고 싶다.

유진성. 처음에 매우 미스터리 하다고 생각했다. 말도 잘 안 하고 관심사도 잘 안 알려주어 접근하기 힘들었다. 하지만 적극적으로 다가가니 매우 좋은 친구였다. 대화를 해보니 말이 잘 통했고 관심사도 매우 비슷했다. 진성이의 가장 좋은 포인트는 배려심이다. 남을 위해 봉사하는 행동이 매우 멋졌다.

이제 현근이의 이야기로 넘어가 보자. 현근이는 첫인상부터가 멋졌다. 파마한 것 같지만 곱슬인 머리부터 발끝까지 개성이 넘치는 애였고 그래서 그런가 다가가기 편했다. 성격도 활발하고 긍정적이어서 내가 학교를 활발하게 다니게 도와준 친구였다고 생각한다. 하지만 현근이의 또 다른 매력은 고민을 들어줄 땐 진지하게 들어준다는 것이다. 진지하게 잘 들어주고 해결책 또한 잘 알려주는 좋은 친구이다.

이렇게 첫인상을 적어보니 친구들의 또 다른 매력이 계속 나온다는 점이 신기했다. 나는 이렇게 좋은 친구들을 옆에 두었다니 나는 성공적인 중학생 삶을 살았다고 생각한다. 그렇다면 나는 어떤 사람이었을까?

사실 나는 보이지 않는 곳에서 배려를 많이 했다고 생각한다. 눈치 빠른 애들이 있다면 눈치챘을 것이다. 최대한 좋은 선배로서 학교생활을 하려고 노력도 많이 했다. 왜인지 나보다는 다른 사람을 챙기는 것이 우선이라고 생각하게 되었고, 자연스레 스스로를 되돌아보는 시간이 적어졌다.

그렇다면 난 왜 다른 사람을 우선으로 챙기게 되었을까? 사실대로 말을 하자면 친동생 때문이라고도 할 수 있을 것 같다. 같은 학교에 다니고 있는 1년 후배로 걱정이 많이 되고 챙겨줘야 할 부분도 많다. 스스로 잘할 거라고 믿고 있지만 걱정되는 것은 어쩔 수 없다. 상처 하나 안 받고 살아가길 바라고 편하게 살아가는 바람이 있다. 이렇게 동생만 걱정하다 보니 3년이 지났고 고등학교에 가야 할 시간이 왔다.

그럼 나는 무엇을 향해 살아가고 있을까. 중학생이 끝나가는 지금, 걱정이 무수히 쏟아지기 시작했다. 앞으로의 삶이 매우 걱정된다. 가장 가깝고도 큰 걱정은 고등학교이다. 3년 동안 공부도 안 하고 나의 진로에 대해서 고민하지 않았기 때문에 고등학교 선택이 제일 어려웠던 것도 사실이다.

내가 걱정하는 또 한 가지는 인간관계이다. 중학교 인간관계는 나 자신에게 100점을 줘도 무방하다고 생각한다. 모두가 나를 잘 챙겨주었고 나도 모두를 잘 챙겨주었다. 고등학교는 당연히 다를 것이고 인간관계도 처음부터 차근차근 쌓아야 할 것이다.

　나는 왜 이토록 미래에 대해 걱정하고 있을까. 그 이유는 나의 가치관과 연결되어 있다. 나의 가치관은 남을 배려하며 사는 것이다. 그렇다면 내 가치관을 살려보는 것도 좋을 듯하다. 내 직업도 내 가치관을 중심으로 잡으면 좋을 것이니 내 걱정과 근심을 긍정적으로 받아들이는 것이다. 이로써 내 최대 고민거리를 해결한 것 같아 매우 통쾌하고 기분이 좋다. 이제는 아쉬움 없이 학교를 떠날 수 있을 것 같아 후련하고 기분이 오묘하다.

## 다시, 시작

첫 여중 입학했을 때 느낌은 새로웠다. 초등학교와 완전 다른 느낌이 드는 공간이었다. 진짜 중학교에 간다 생각을 해본 적이 없는데 중학교에 입학하니까 정말 신기하고 조금 얼떨떨했다. 처음에는 친한 친구들이랑만 놀다가 어느 순간 다른 친구들이 다가왔는데 나는 낯가림이 심해서 친구들이 다가오는 게 좀 부담스러웠다. 그런데 친한 친구들이 옆에서 도와주어서 다른 친구들과도 친해지게 되어 더 재미있는 생활을 할 수 있었다.

여중 등굣길은 너무 힘들었지만 재밌었다. 아침에 일어나기가 힘들었다. 학교 등교 시간이 정해져 있어 빨리 준비를 해야한다는 것도 너무 힘들었다. 친구들과 지각을 해서 항상 뛰어가거나 담을 넘었는데 한번은 친구 옷이 찢어진 경우도 있어서 친구들과 웃으면서 등교하고 그랬다.

1학년 때는 코로나 때문에 비대면 수업을 했다. 나는 비대면 수업을 잘 안 듣게 되었다. 반 친구가 항상 전화해서 깨워주고 이제 수업한다고 빨리 들어오라고 잘 챙겨주는 친구가 있었기 때문에 조금이나마 더 들을 수 있었다. 그렇게 시간이 흘러 비대면 수업이 아닌 학교를 직접 나가 수업을 듣게 되었다.

2학년 생활이 시작되었다. 2학년 생활은 나에게 가장 기억에 남는 학년이다. 철이 없던 학년이라 공부라는 건 하지를 않았다. 항상 애들이랑 놀기만 하고 수업 시간에는 자기만 하던 나다. 친구 생일이어서 학교에서 생일파티를 아침 조회 전에 친구들끼리 모여서 조그맣지만 큰 생일파티를 해주었다. 그리고 이 행동은 해서는 안 되는 행동이지만 친구들과 점심시간에 밥이 맛없다는 이유로 편의점에 가서 밥을 먹고 좀 놀다가 학교를 다시 들어갔던 일이 있다. 들어가던 중 선생님께 들켜서 다 같이 교무실로 선생님과 같이 가서 많은 꾸중을 듣고 벌점도 많이 받았다.

제일 후회되는 행동이 있다. 전 남자친구 졸업식 날이었다. 남자친구 졸업식에 가야 하지 않냐, 이 한마디에 넘어가서 친구들과 같이 수업 시간인데도 불구하고 그냥 밖으로 나갔다. 꽃을 사고 전 남자친구 졸업식에 가서 꽃다발을 주고 함께 놀다가 학교로 돌아갔다. 지금 생각하면 너무 후회되는 행동이다.

3학년 생활은 '이제 중학교 생활이 거의 끝나가는구나' 이 생각을 갖고 보내기 시작했다. 주변에서 이제는 공부하자, 뭐 하고 살 거니, 라는 얘기를 하는데 그게 너무 싫었다. 그러던 어느 날 꿈이 생겼다. 헤어디자이너라는 꿈. 그래서 나는 말했다. 난 헤어디자이너가 꼭 될 거라고. 응원해 주시는 분들도 계셨지만 반대로 비관적으로 말하는 분도 계셨다. 근데 나는 누가 뭐라 하든지 이 꿈을 꼭 이루고 싶다는 것을 마음으로 다짐하였다.

그러다 이곳 근흥중으로 전학을 오게 되었다. 처음 왔을 때는 너무 여중으로 돌아가고 싶었지만, 3학년 친구들이 생각했던 것보다 착했다. 낯을 가려 다가가지 못해 처음에는 적응 못해서 힘들었지만, 점점 적응을 해가니까 재미있고 여중이 생각나지 않았다. 근흥중학교 와서는 다시 공부를 하게 되었고 곧 고등학교에 가게 되었다. 고등학교에 가서도 내 꿈을 포기하지 않으면서 학교생활을 충실히 해나갈 것이다.

# 근흥중학교 나무위키

## 1. 개요

충청남도 태안군 근흥면 근흥로 690에 위치한 공립 중학교이다.

## 2. 학교 연혁

1977.03.30. 개교(12학급)

2010.03.01. 3학급 인가

2019.03.04. 제21대 송경애 교장 부임

2022.03.02. 제46회 입학식(10명)

## 3. 교훈 및 상징

### 3.1. 교훈 : 사랑, 성실

### 3.2. 교육목표 : 세움·열정·소통으로 모두가 행복한 배움터

## 4. 학교 특징

교실에서 바다가 보이는 아름다운 경관을 자랑한다. 2016년 국립수목원이 선정한 '가보고 싶은 정원 100'에 선정되기도 했다. 드라마 '동백꽃 필 무렵'의 촬영지로 유명세를 탔다. 재학생들은 대개 가족처럼 지내고 소규모 학교답게 선후배가 사이좋게 잘 어울린다. 남녀 구분 없이 지내 시간이 흐를수록 성별의 경계가 모호해지는 경험을 하게 된다.

## 4.1. 주변 환경·시설

×흥 카센터는 학교 앞에 위치하여 근흥중학교에 다니는 학생들이라면 절대 모를 수 없는 점포이다. 원래 근흥 카센터지만 '근'이 잘려 학생들 사이에서는 ×흥 카센터로 불린다. 2020년 서태안을 휩쓸고 지나간 태풍 바비의 영향으로 글자가 떨어졌다는 설이 유력하다. 현재 영업 중인지 폐업한 것인지 아는 사람이 없다.

2021년에 이마트24가 생긴 이후로 점심시간에 학교를 나가는 학생들도 발생했다. 당연하게도(전교생 30명) 매점이 없는 근흥중의 여건상 군것질을 하고 싶은 학생들은 먹을 것을 가지고 오거나 편의점을 방문한다. 근흥중 옆에 있는 하나로마트는 대부분의 학생이 어렸을 때부터 있었다고 하는데 그렇게 낡았다는 느낌이 없다. 재학생들은 초등학교 시절부터 하나로마트에서 핫바를 사 먹은 추억은 하나씩 있다고 한다.

컬투치킨도 2021년에 생겼다. 원래는 근흥면에 치킨집이 없었다. 하지만 컬투치킨이 생기면서 프랜차이즈 치킨을 먹을 수 있게 됐다. 근흥중 가까이 근흥초가 자리 잡고 있다. 근흥중에 다니는 학생들 중 절반 이상은 근흥초등학교 출신이다. 최근 느티나무에 집을 만들고 뒷산에 오두막도 생기고 시설이 좋아진 모습이 엿보여 졸업생들의 부러움을 사고 있다.

## 4.2. 동물농장

동물들이 머무는 구역의 명칭이 따로 존재하지만 다들 그냥 동물농장이라고 부른다.

### 4.2.1. 마스코트 강아지 '호두'

근흥중학교 뒤편 주차장 방향으로 조금만 걸어가면 돌봄 농장이 보인다. 운동장 쪽에서 진입하면 돌봄 농장의 마스코트라 할 수 있는 시고르자브종 강아지 호두를 발견할 수 있다. 돌봄 농장에는 흔치 않게 이름을 가진 인기쟁이라 할 수 있다. 호두는 2021년 6월 근흥중에 입학했으며 학생 투표로 호두라는 이름을 얻었다. 원래는 방목(?)하기도 했었는데, 현재는 견사에서 생활하고 있다. 종종 산책을 하며 기본으로 학생 두세 명을 쓰러트리는 체력을 가지고 있다. 꼬리에 모터를 탑재하고 있는데 꼬리를 흔드는 정도에 따라 호감 정도를 판단할 수 있다고 한다. 충성심도 넘치는 호두는 학교 주변에 나타나는 낯선 사람에게 짖기도 한다. 호두는 대체로 사료를 먹는다.

### 4.2.2. 닭장

여름이면 코를 맵게 하는 향기를 자랑하는 닭장이지만, 근흥중

소속 닭들은 소중한 달걀을 제공해 주는 역할도 한다. 닭들은 가끔 학교 건물에서 사로잡힌 산 지네를 특식으로 먹기도 한다. 2021년에는 대장 닭이 다른 닭들 털을 뽑고 괴롭혀서 퇴출당했다.

### 4.2.3. 거위

돌봄 농장에는 사람을 엄청 싫어하는 거위가 살고 있다. 거위는 남녀노소 가리지 않고 울어댄다. 그래서 벽간 소음이 장난이 아니다. 시간이 지나면 얼굴을 알아보고 꽥꽥대는 걸 그만둘 거라는 기대는 갖지 않는 것이 좋다. 가까이 다가갈수록 크게 짖는데 다른 곳을 쳐다보며 소리치는 것으로 보아 겁이 많은 것으로 보인다. 한 번은 거위들이 탈출해 학교를 돌아다니다가 주차된 교사의 차량에 부착된 문콕방지 스펀지를 물어뜯었다고 한다. 여름철 닭들과 함께 정신이 번쩍 드는 향기를 선사한다.

### 4.2.4. 염소

뒷동산을 올라가다 보면 내 집 마련의 꿈을 이룬 염소 엄마, 아들 둘이 살고 있다. 아들이 아니라 아빠라는 얘기도 있는데 아빠 염소가 아들 염소를 너무 괴롭혀서 퇴출당했다는 이야기가 설득력을 얻고 있다. 지금은 아들이 엄마를 쫓아다니며 들이받는다는 소문이 있다. 부전 자전. 또한 소나무 잎을 즐겨 먹는다고 한다.

### 4.3. 통학버스 운행

근흥중학교는 통학 차량(버스)을 운행한다. 신진도 주변에서 출발하는 1코스와 태안읍 방면 2코스로 나뉜다. 1코스에서 가장 먼저 버스를 타는 학생은 7시 10분경 차량에 탑승하여 학교에 8시 쯤 도착한다. 2코스는 1코스를 돌고 나서 출발하기 때문에 2코스 학생들은 8시 40분쯤 학교에 도착하는 관계로 합법적으로 아침 독서에서 열외된다.

버스 운전기사님은 언제나 학생들에게 친절하다는 평가를 받고 있다.

1코스: 정산포---신진도---안흥---안흥초등학교---정산포 앞
        ---연포---채석포--- | 학교 |

2코스: 용요천---태안 삼성아파트---태안 구 터미널
        ---두야 정미소--- | 학교 |

## 5. 학교시설

메인이라고 할 수 있는 3층짜리 본관 건물 벽에는 덩굴이 자라고 있어서 유서와 전통이 깊은 명문교의 냄새를 풍긴다.

### 5.1. 1층

입구를 기준으로 오른쪽부터 기가실, 도서실, 행정실, 보건실, 교무실, 과학실 등이 있다. 기가실에는 한쪽 벽을 다 채울 만큼의 공기정화식물이 걸려있다. 도서실에서는 매일 아침 독서가 진행되며 각종 회의나 행사가 열린다. 보건실은 있지만 소규모학교의 여건상 보건교사가 상주하지 않는다. 보건실에 태블릿 보관함이 있어서 치

료 목적보다 태블릿을 가지러 더 많이 방문한다. 키와 몸무게를 재고 있는 학생들을 심심치 않게 목격할 수 있다.

시험 기간을 제외하면 교무실은 학생들이 가장 많이 찾는 장소 중 하나이다. 교무실에 있는 교사 수보다 학생들 숫자가 더 많아지는 순간이 꽤 있다. 과학실은 실험할 때나 대회를 진행할 때 사용된다.

## 5.2. 2층

2층은 오른쪽부터 영어실, 컴퓨터실, 교장실, 1학년 교실, 2학년 교실, 3학년 교실, 사회실 등이 있다. 영어실은 2021년에 새로 공사를 해 깔끔해졌다. 영어 수업 및 영어 동아리 시간에 자주 사용된다. 영어실에는 보드게임이 많이 있다. 컴퓨터실은 학교에 태블릿이 있어서 자주 사용하지 않는데 정보 수업이 들어있는 학년은 이곳에서 수업을 진행한다. 참고로 2층 화장실은 1학년 교실 앞에 있다. 사회실은 전교생이 모일 때 자주 사용된다. 전교생(30명)이 많지 않아 다 들어갈 수 있다.

## 5.3. 3층

3층은 오른쪽부터 미술실, 체력단련실, 상담실, 평생학습실, 수학실, 음악실 등이 있다. 미술실은 미술 선생님이 순회를 오시는 날과 방과후수업 때 사용된다. 미술실에는 큰 책상이 6개 정도 있다. 하지만 실제 학생들이 사용하는 책상은 3개다. 가끔 학생들이 떠들 때면 미술 선생님이 다른 책상으로 유배 보내기도 한다. 체력

단련실은 원래 탁구실이었지만, 2021년에 학생회 회의를 통해 운동기구를 몇 개를 더 들여놨다.(하지만 아직도 탁구실로 이용한다는.) 상담실은 상담 선생님이 주 2회 오셔서 상담해 주시는 공간이다. 교실 안에 또 문이 2개나 더 있다. 평생학습실은 가구가 별로 없고 한쪽 벽 전체가 거울이다. 체육 시간에는 심폐소생술을 배우는 곳이고 방송 댄스나 코어 운동 등을 진행한다. 수학실은 2021년 선생님 송별회 때(줌으로 함.) 사용했던 기구들이 아직 그대로 있다는 얘기가 있다. 음악실은 점심시간에 학생들이 많이 올라가서 악기를 연주한다. 음악실에 들어가면 최소 1명이 악기를 연주하고 있다. 악기 종류는 피아노, 드럼, 전자 키보드, 통기타, 일렉기타, 베이스, 칼림바, 가야금 등등이 있다.

별관은 2층 건물로 2층 본관과 이어져 있다. 1층은 급식실과 화장실, 2층은 체육관이 있다. 체육관 이름은 솔향터이다.

## 5.4. 운동장

천연잔디가 깔려있어 멋짐을 자랑한다. 비가 온 뒤에는 잔디 사이로 버섯들이 섞여 있는 것을 목격할 수 있다. 2022년 봄, 극심한 가뭄으로 사용을 중지하고 잔디를 살리는 데 온 힘을 쏟기도 했다. 운동장 주변에는 여러 종류의 나무가 자라고 있다. 2022년에 농구 골대를 철거하여 현재는 축구 골대 2개가 남아 있다. 2022년 5월 4일 창근만남(창기중학교, 근흥중학교, 만리포중학교, 남면중학교) 4개교가 근흥중학교 운동장 모여 체육대회를 진행했다.

## 6. 학교생활

### 6.1. 주요 행사

#### 6.1.1. 창근만남

태안 지역의 소규모학교 네 곳이 공동으로 교육활동을 진행하는 것을 창근만남(창기, 근흥, 만리포, 남면)이라고 부른다. 각 학교에서 돌아가며 행사를 준비한다. 근흥중학교에서는 체육대회가 열렸다. 소규모학생들이 다양한 친구들과 소통할 수 있는 자리가 되어 학생들의 만족도는 높은 편이라고 한다.

#### 6.1.2. 토티

교사 1인당 학생 3, 4명이 토티(멘토-멘티)를 이루어 체험활동을 하거나 학습을 진행한다. 간단하게는 영화를 보거나 볼링을 치는 것을 주로 한다.

#### 6.1.3. 아침 독서

통학 차량 1코스 학생들은 아침 독서 활동에 참여한다.

### 6.2. 과실, 작물 재배

키위, 블루베리, 사과, 감, 앵두, 고구마를 키워서 수확한다. 학생들은 주로 자란 열매를 따는 작업에 투입된다. 삽질에 투입되는 경우도 종종 있다.

### 6.3. 급식

학생 수가 적어서 자체적으로 급식을 만들어 먹지 않는다. 걸어서 3분 거리에 있는 근흥초등학교에서 급식을 가져온다. 초등학생

입맛에 맞춰서 그런지 국이 매우 싱겁고 맵지도 않다. 초딩 급식을 먹어야 하는 것에 대해 한탄하는 학생들과는 다르게 교사들은 건강한 맛이라며 만족해한다고 한다. 생일 축하의 날에는 조각 케이크와 미역국이라는 색다른 조합의 입맛을 느껴볼 수 있다.

## 6.4. 방과 후 프로그램

### 6.4.1. 가야금

근흥중학교는 1인 1 전통 악기 연주 방침에 따라 외부 강사님을 모셔 가야금 수업을 진행한다. 가야금에 대한 학생들의 반응은 엇갈리는 편이나 경연에 참가한 학생들의 공연을 감상한 선생님들은 가야금 시키기를 잘했다며 즐거워했다고 한다.

### 6.4.2. 밴드부

밴드부는 보컬, 일렉기타, 신디사이저, 드럼이 파트로 이루어져 있는데 학생들은 드럼과 기타를 선호하는 편이다. 2021년 코로나로 인해 창근만남 프로그램을 온라인으로 진행하자 밴드부는 연주 영상을 촬영하여 다른 학교에 공개하였다. 2022년에는 남면중학교에서 오프라인으로 공연할 예정이다.

### 6.4.3. 일본어

방과 후에서는 히라가나 익히기, 일본 전통 놀이 배우기, 일본 음식 만들기 등 다양한 활동이 진행된다. 방과 후 활동 중에서 가장 인기가 많아 경쟁이 치열하다.

## 6.5. 2022년 학교생활

코시국 이후로 오랜만에 수학여행이 추진되었다. 출발 당일 한 학생이 충수염 진단을 받아 비운의 주인공이 되었다. 대다수의 학생들이 수학여행 후 높은 만족감을 표현했다.

거의 대부분 학생들이 코로나바이러스에 한 번씩 감염되었는데 체험활동이나 시험에 영향을 주지 않을 정도로 무난하게 넘어갔다.

근흥중학교의 2학년 강아지 호두가 산책 도중 학교를 탈출하여 미인정 조퇴로 기록될 뻔했다. 목줄 없이 동급생 여학생들이 호두를 산책시키다가 호두가 교문 밖으로 달려 나갔다고 한다. 듣기로는 도로 쪽으로 달려가 매우 위험했다고 하는데, 결과적으로 남학생들이 호두를 구해 와서 잘 마무리된 것으로 전해진다.

2022년에도 학교 스포츠 전교생 단체 축구가 벌어졌다. 단체 축구 시 20명 정도의 학생은 마음만은 메시가 되어 열정적으로 뛰고 몇몇 학생은 피크닉 분위기를 연출하기도 한다(몇몇은 공연 나온 가수).

2022년 12월, 눈 쌓인 운동장에서 1학년과 2학년이 치킨을 걸고 내기 축구를 진행한 결과 펠레스코어를 연출하며 2학년이 승리하였다. 2학년 남학생이 1학년 담임선생님 앞에서 무릎 슬라이딩 세리머니로 도발을 감행하여 2학년 담임선생님이 제지하였다.

## 2022년 나는

3월 2일, 나는 중학교에 입학했다. 사복이 아닌 교복을 입고 있으니까 뭔가 무게감이 있는 느낌이 들었다. 앞으로 내가 생활할 교실로 들어갔을 때도 긴장은 풀리지 않았다. 평소에 알고 지내던 아이들, 통화를 했던 친구들이 있으니 어느 정도 긴장이 풀리는 듯싶다가도 여전히 긴장하고 있었다.

그러던 어느 날 내가 수업 시간에 떠들기 시작했다. 애들이랑 좀 어색한 게 풀려서 그런 거 같다. 애들이랑 친해지는 것은 좋은데 내가 뭔가 성격이 바뀌는 느낌이 있어서 애들에게 미안해지기 시작했다.

그리고 원래 내 꿈은 경찰이었다. 경찰이라는 꿈을 이루기 위해 유도장을 다닌다면 진짜 열심히 다녀야겠다는 생각이 있다. 항상 학교에서 운동도 하고 공부도 해야겠다고 다짐을 하지만 집에 가서는 게임밖에 안 하는 내가 별로다. 진짜 생각만 할 뿐 몸으로는 움직이질 않았다. 1년을 돌아보면 2022년 나는 생각만 많이 하는 아이였다. 앞으로는 생각만 하지 말고 운동도 하고 공부도 하고 화도 참으면서 내 꿈을 위해서 행동으로 옮겨야겠다.

# 1년의 시간

1년. 내가 근흥중에서 보낸 시간. 길지도 짧지도 않은 1년. 시작점에서는 멀어 보였던 시간, 뒤돌아보면 벌써 지나간 1년. 그 시작점에서의 이야기.

방학이 끝나고 학교 갈 일만 남은 시간이었다. 기대가 되면서 동시에 긴장도 되는 시간은 나를 기다리지 않고 입학식으로 불러들였다. 긴장은 부풀며 나를 삼키려는 듯 눈앞이 어두워지고 그 뒤에는 여러 감정이 뒤를 이었다.

처음 보았던 것은 담임선생님의 모습과 반의 모습, 여러 친구들이었다. 잠깐이었지만 눈에 익은 친구들과 처음 보는 친구들이 뒤섞여 여러 소리가 울리던 시간은 입학식으로 나를 인도했다. 강당에 있던 의자에 앉은 순간의 시간은 빠르게 지나갔다. 선배들이 들어오고 앞을 보니 교장 선생님의 말씀을 듣고 있었다. 입학식이 끝나고 수업은 시작되었다. 여러 선생님을 만나며 학교의 첫날은 끝이 났다.

시간은 점차 흐르며 날 매번 선택의 갈림길에 세워 날 고민하게 만들었고, 시간은 기다리지 않았다. 시끄러웠던 반에서는 애들이 서로를 알아가기 시작했다. 반에서는 학급 회의로 여러 규칙이 생기고 전교 회장을 뽑는 선거를 한 후 나는 주변을 돌아볼 수 있는 여유가 생겼다. 풍선 속 바람이 빠지는 것처럼 알지 못하는 사이 조금의 시간이 흐르고 친구들은 서로에 대해 알아가게 되었다.

가장 기억에 남는 일은 1학년 중 처음이자 마지막 시험이었던 기초학년 평가를 해야 할 때였다. 그날도 여느 때와 같이 평범한 날이었다. 평범했던 날이었지만 딱하나 다른 점은 시험이 있는 것이다. 시험이 있어 살짝 긴장하긴 했지만, 초등학교 6학년 문제를 푸는 기초학년 평가여서 긴장을 심하게는 하지 않았다. 시험이 초등학생일 때와 다른 점이 있었다. 그땐 쓰지 않았던 오엠알 카드가 있었다는 점이었다. 문제를 다 풀고 나니 내 옆에는 오엠알 카드를 쓰는 것 말고는 남지 않았을 때 그때부터는 내가 점차 신중해지면서 긴장도 점점 하게 되었다. 시간은 지나가고 오엠알 카드를 다 작성했을 때는 시간이 별로 남지 않았다. 잘못 표기했는지 확인을 하고 하다가 시간이 지나가 버렸다. 잘못 작성하지는 않았을까 하는 마음은 떨쳐내지 못하고 계속 남아 날 괴롭혔다. 시간은 날 기다리지 않고 곧게 뻗어 나아갔다.

길었던 1학기는 끝내고 여름방학을 지나 2학기가 시작되었다. 이제 친구들은 서로가 편하게 말을 하며 가까워진 단계가 되었다. 소란스럽고 시끄러웠던 우리는 전보다는 발전한 듯 조용해지고 차분해진 모습이 보이기도 했다. 선생님들에게도 변화는 있었다. 원래 계시던 원어민 선생님은 다른 분으로 바뀌고 원래 존재하던 진로 시간이 사라지며 정보 시간도 생겨났다. 어떤 애는 아쉬워하고 또 어떤 애는 기뻐했다.

시간이 지나 수학여행을 가서 여러 문화유산을 관광하며 다녔다. 여러 사건이 지나갔지만, 그중에서는 염소가 우리에서 탈출하고 말벌 같은 곤충을 잡는 이도 있었다. 어느새 겨울이 되어 첫눈도 내리고 눈 오는 날 축구도 하며 시간은 흘렀다. 나 이후에도 시간은 여러 사람을 만나며 지나갈 것이다.

## 고마운 한 해

　3월 2일 근흥중학교에 첫 발걸음을 내디뎠다. 처음 발을 들었을 때 설레는 마음과 불안한 마음이 동시에 들었다. 학교생활을 열심히 하자는 마음과 학교생활에 적응하지 못할 것 같은 마음도 들었다. 선생님들의 첫인상은 살짝 무서웠다. 왜냐하면 초등학교는 선생님들이 밝은 이미지에 순하신 이미지였는데 중학교 선생님들은 약간 모습부터 포스가 느껴졌다. 어떤 분은 머리에 왁스도 바르시고 옷도 정장이어서 좀 더 무서운 느낌이 들었다.

　중학교의 첫인상은 근흥초등학교와 비슷했다. 뒤에는 산이 있고 산에는 동물농장이 있고 앞에는 바다, 학교에는 덩굴들이 아름답게 엉켜있었다. 학교 이미지는 좋았다. 교실에 들어갔더니 처음 보는 친구와 초등학교 시절 친구가 있었다. 내가 조금 낯을 가리고 처음 보는 사람과 있으면 말을 안 한다. 교실 안은 어색한 공기가 흐르면서 나는 다른 친구가 오기까지 기다리고 있었다. 친구들이 모이면서 반은 시끌벅적해졌다. 이야기를 나누면서 선생님을 기다리고 있던 도중 선생님이 우리를 데리러 오셨다. 우리는 선생님을 따라 입학식이 시작되는 곳으로 갔다. 그렇게 입학식을 마치고 정규 수업을 들으면서 관심사가 생겼다.

　나는 수학과 체육에 흥미를 가지게 되었다. 수학은 초등학교 때는 싫어했지만, 중학교에서 선생님의 수업을 들으면서 이해가 너무 잘돼서 재밌어졌다. 내가 수학을 싫어하는 줄 알았는데 다시 수학에 새로운 눈을 떴다. 그리고 체육은 선생님이 재밌으셔서 더 좋아졌다. 집에서도 체력을 기르기 위해 운동 학원을 다니기 시작했는데 6월 23일 체육 시험에서 나의 노력에 걸맞은 좋은 결과를 얻을 수 있었다. 이날은 가장 기뻤던 날로 기억되는데 이것으로 나는 조금 더 성장했다.

　사실 초등학교 때는 끈기가 너무 없었다. 무언가를 하려다가도 또 금방 포기했다. 근흥중학교에 들어온 뒤 끈기가 다시 살아났다. 초등학교 시절엔 꿈이 확실하지는 않았는데 중학교에 들어오니 경찰로 꿈이 확실하게 정해졌다. 나의 꿈을 정하니 그 목표를 위해 노력하게 되었다. 2022년은 나에게 다시 끈기를 돌려준 고마운 일년이다.

# 1학년을 돌아보며

입학 날, 나는 여러 감정을 느꼈다. 그것은 '이제 내가 중학생이구나'라는 생각과 함께 기쁨과 떨림, 그리고 동시에 새로운 곳에 왔다는 두려움이었다. 입학 날을 넘기고 중학교 생활을 하며 여러 관심사가 생겼는데 모션그래픽(솔직히 잘 만들면 멋있어 보임), 축구(피파하면서 접함), 옷(중학교 올라와서 관심이 생김) 등이다.

중학교에 들어온 지 얼마 안 된 것 같지만 벌써 10월이었고, 수학여행을 갔다. 내 인생 두 번째 수학여행이었는데 서울이다 보니 할 게 많아서 알찼던 것 같다. 하지만 나는 많이 아쉬웠다. 수학여행을 계기로 친구들과 더욱더 친해지고 추억을 만들 수 있을 거라는 기대와는 달리 잘되지 않았기 때문이다. 중학교 올라와서 5명의 새로운 친구들을 만났는데 상당히 빨리 가까워진 편이다. 하지만 내 생각에는 솔직히 겉으로만 친해 보이고 들여다보면 그 사이에 벽이 있는듯한 느낌이 든다. 체험학습을 갈 때 버스 자리를 예로 들면 우리 반에는(내가 보기에) 두 그룹이 있다. 10명이 5명씩 두 그룹으로 나눠진다. 내가 속한 5명이 2명이서 앉고 또 2명이 함께 앉으면 나만 남는다. 나도 친해지고 싶은 친구, 친한 친구와 앉고 싶지만 그렇게 되지 않았다.

그러다가 컴퓨터가 박살 났다. 이유는 말하지 못하지만 부서지고 난 직후에 우울하고 지루했지만, 지금은 적응되어서 그런지 컴퓨터가 있을 때보다 더 잘 생활하고 있다. 그래서 그런지는 모르겠지만 내 시간이 오직 컴퓨터에서 공부, 그림, 내가 관심이 있는 것에 대한 정보로 채워져서 시간이 훨씬 빠르게 지나간 것 같다. 솔직히 지금 뒤돌아보면 한 게 별로 없는 것 같아 아쉬운 한 해이기도 하다.

# 2022년

3월 2일 입학식이 되었다. 이제 초등학교가 아닌 중학교에 가서 친구들을 만난다는 것이 너무 기뻤다. 학교에 들어가서 보이는 높은 건물이 새로웠다. 처음 학교에 교복을 입고 너무 설렜다. 설레는 마음으로 시간을 확인해 보니 조금 늦은 시간이었다. 반에 들어가니 교복을 입은 친구들이 보였다. 자리를 보니 하나만 남아있었다. 내가 꼴찌로 갔던 것이다.

어색한 마음으로 강당으로 가는 길에도 초등학교와는 많이 달랐다. 강당에 가니 여러 언니, 오빠들이 있었다. 다른 친구들은 예전부터 근흥에 살아서 언니, 오빠들을 잘 아는 것 같았는데 난 6학년 때 전학을 오게 되어서 아는 언니, 오빠들이 없었다. 선생님들이 소개하실 때 솔직히 잘 못 들었다. 그냥 너무 신나서 한 귀로 듣고 한 귀로 내보냈다. 첫인상도 잘 기억은 나지 않는다. 처음엔 친구들이 조금 조용했었다. 선생님들의 첫인상은 모르겠지만 첫 수업은 기억난다. 첫 수업 때는 친구들의 얼굴도 그리고 만들기도 했었다. 계속 그렇게 놀면 좋았겠지만 공부할 때는 정말 집에 가고 싶었다.

열심히 공부하면서 놀다가 10월이 왔다. 10월에는 수학여행이 있어서 수학여행을 기다리고 있었다. 수학여행 하루 전날이 되고 기대되는 마음으로 다음날을 기다리며 수업을 하고 있었다. 수업을 하던 중에 람이가 아파서 조퇴를 했다. 람이가 수학여행 못 가게 되면 어떡하냐고 걱정을 했다. 그런 일은 제발 없기를 빌었다. 그리고 수학여행 당일이 되고 람이가 있지 않아서 문자를 보내보니 람이는 당일에 맹장이 터져 수학여행을 오지 못하게 됐다. 람이가 없는 동안 난 혼자 방을 쓸 뻔했지만, 언니들과 같이 방에서 잤다. 람이가 없어서 심심하긴 했지만, 언니들과 같이 있어서 정말 잊지 못할 것 같다.

수학여행뿐만이 아니라 체험학습을 갈 때 항상 재밌는 곳으로 가서 1, 2학기 둘 다 학교 가기 싫다는 생각을 많이 해보지 않았다. 수학여행이 끝나고 다시 수업을 시작했다. 수업 시간에 여러 모둠 활동을 했다. 그중에서 가장 생각나는 모둠 활동은 국어 시간에 했던 촬영을 하는 활동이었다(편집자: 미안;;). 모둠 활동을 하면서 모둠과 여러 의견충돌이 많았다. 찍는 중에도 시간이 너무 오래 걸려서 시간을 줄이기 위해 얘기를 해보려고 했지만, 서로서로 시간이 맞지 않아서 얘기할 시간도 없었다. 거의 국어 시간 한 달을 촬영만 했다. 촬영을 하는 친구는 자신을 너무 힘들게 한다며 슬퍼했다. 다른 친구들도 잘 찍어보려고 했지만, 마음 같지 않아서 촬영을 해주는 친구에게 미안해했다. 친구들이 서로에게 너무 미안해서 사과했다. 어찌어찌 다 찍게 되었다. 촬영하면서 다투기도 했지만 모두 열심히 찍어줘서 잘 끝낸 것 같다. 계속 수업과 활동들을 하면서 다투고 티키타카가 잘 되었다. 가끔은 애들이 험한 말을 해서 서로 상처 받았지만, 바로바로 사과하고 또 화해하고를 반복하며 어떨 땐 정말 좋고 어떨 땐 정말 왜 저러지 싶었다.

올 한 해 반 아이들을 잘 챙겨주거나 배려하지 못한 것 같아서 미안한 마음이 든다. 조금만 내가 더 잘 해줬으면 지금보다 더 잘 지낼 수 있었을 텐데 그저 내 생각만 한 것 같다. 가끔은 친구들이 부럽고 어떤 때는 내가 제일 잘나 보였다. 올해 친구들은 진짜 내가 사귄 친구들 중에서 정말 너무 인상 깊은 친구들이다.

2022년은 싫은 것도 해보니 좋아지고 좋은 건 더 좋아지는, 정말 부족했지만 너무 좋았던 날, 돌아보기 매우 좋은 한 해였다.

## 새로운 출발

입학은 항상 특별한 것 같다. 새로운 출발이니까. 초등학교 때도 경험했지만 새로운 사람들은 만난다는 설렘과 기대감이 입학 날을 특별하게 만들어준다. 학교에 들어서자마자 든 생각은 '예쁘다'이다. 그냥 주변의 환경과 학교가 잘 어우러져 있었다.

올 한 해, 체스가 가장 재미있던 것 같다. 새로운 오프닝을 배울 때마다 신기하고 체스 전설들의 경기를 볼 때면 너무 멋지다는 생각이 들었다. 그중 가장 좋아하는 선수는 미하일 탈이다. 미하일 탈의 경기에서 핵심은 희생 플레이이다. 그의 희생 플레이를 볼 때마다 의아함이 들 정도로 희생 플레이가 다양하고, 미하일 탈은 멋진 수도 많이 둔다.

학교에서 가장 즐거운 것은 체험학습이다. 여러 체험학습을 겪었지만 내가 가장 마음에 드는 체험은, 아직 가지는 않았지만, 도서관 견학이 될 것으로 보인다. 도서관 특유의 책 향기가 너무 좋을 것 같기 때문이다. 내게 가장 기쁜 일은 아침에 책을 읽는 것일 만큼 나는 재미있는 책 읽기를 좋아한다.

책 냄새를 좋아해서 꿈이 사서일 것 같은 나지만 의외로 꿈은 아직 없다. 아직은 마음에 맞는 직업이 없기도 하고 사회가 너무 빠르게 바뀌기 때문에 선뜻 꿈을 정하기 어렵기도 하다. 책에는 재미있는 내용이 정말 많아서 날 기쁘게 해준다. 반대로 가장 슬픈 일은 없는 것 같다. 슬프지 않고 행복한 한 해를 마무리했기 때문이다.

2022년 한 해를 말하자면 '새 출발'이 라는 말이 가장 적당한 것 같다. 2022년은 내 삶에 약간 터닝 포인트 같은 지점이기 때문이다. 왜냐면 운동 대신 공부를 진로로 선택했기이다. 2학년 때는 더욱 열심히 공부할 것이다.

## 만족스러운 1년

다들 한 번쯤은 고민해봤을 것이다. 내가 여태까지 뭘 하고 살았지? 라는 고민. 나는 개인적으로 이번 해에 알차게 생활한 것 같다. 우선 이번 해에 들어서 진로에 대해 더 많이 고민하게 되었다. 아직까지도 결정하지 못했고, 여러 진로 선택지 중에는 비교적 진로를 빨리 결정해야 하는 직업이 있기에 더욱 고민해야만 하는 시기였다. 또 하나는 본의 아니게 가족과의 관계가 너무 좋아졌다. 원래 안 좋았던 관계는 아니지만 확실한 건 이전보다 훨씬 좋아졌다는 것이다.

입학 초로 돌아가 보자. 중학교라는 이미지가 너무 두려웠던 나는 입구에서부터 혼란에 빠져있었다. 그때 중학교에 오기 전부터 조금은 친했던 건호 형이 내려와서 나를 안내해줬다. 그렇게 간신히 교실로 들어온 나는 교복을 입고 있는 다른 친구들의 등장에 어색해졌다. 모든 남자 선생님들은 처음에는 무서웠지만, 지내다 보니 모두 재밌고 착하신 분들이란 걸 금세 깨달았다.

여자 선생님들은 각각 달랐다. 먼저 과학 선생님이자 담임선생님은 다른 건 별생각이 들지 않았고 미모가 상당하셨다. 아직도 감탄

하고 있다. 수학 선생님은 들어오실 때 베테랑의 기운이 느껴져서 무서웠는데, 이번 연도에 첫 학교로 배정받으셨다고 하셔서 놀랐다.

음악 선생님은 친근한 사촌 누나의 느낌, 사회 선생님은 들어오시자마자 수학 선생님과는 다른 베테랑의 기운이 느껴졌다. 역시는 역시였는지 이 학교에서 제일 오래 계셨던 선생님이셨다.

이 학교에 와서 새로운 경험도 많이 했다. 수학여행도 가고, 대회도 나가보고, 공동교육과정도 하고, 너무 재밌고 행복했다. 비록 이제 1달도 남지 않은 1학년 생활이지만 중학교에 올라왔다는 것에 만족하고 행복해하고 있다. 내년이 기대가 된다.

## 성장통

내 중학교 1학년은 외로웠다. 첫 입학 날 6학년이 지나고 중학교 1학년으로 올라왔다. 아는 언니가 근흥중을 다녀서 졸업할 때 와봤지만 이렇게 보니 새로웠다. 하늘은 맑았고, 약간은 쌀쌀한 날씨에 입학하기 딱 좋은 날씨였다. 새로운 친구들은 초등학교 전교생보다 많은 우리 반이었다(참고로 내가 다니던 학교는 전교생이 3명이었다.). 새로운 친구들에게 점점 적응을 마치던 찰나 허전한 느낌도 들었다. 차갑기도 하고 무언가 공허했다. 왜인지는 아직까지도 모르겠다. 어린 시절부터 학교에 있는 친구들이 워낙 적어 익숙해지지 못한 감정표현, 내 의견 말하기, 나에게 집중할 수 있는 말하기 등이 부족한 나는 왠지 모르게 겉도는 느낌이 계속해서 들기 시작했다.

나는 무조건 궁금한 게 있으면 끝까지 파고 들어가야 하는 타입이다. 수긍이 잘 없다. 왜 그런지, 왜 그게 그렇게 나오고 왜 결과가 이거인지. 특히 수학은 더 그랬고, 6학년 때 선생님이 수학을 포기하라고 했지만, 포기하지 않았고 그 과정은 집중력 바닥인 나에겐 더욱 힘든 여정(?)이었다. 하지만 내 성격 특성상 다른 애들에게 피해가 갔고 그냥 수긍해라, 수업 시간에 잤냐라는 식의 말을 계속 들으니 나는 첫 번째로 무너졌다. 끝없이 울음이 나왔고, 그 결과 나는 수학을 포기하기로 했다. 아, 물론 아직까지 하고 싶은 의지는 있다. 하지만 가끔씩 그 말들이 떠올라 내 발목을 잡고 내 의지는 점점 한계에 있다는 걸 요즘 자주 느낀다.

한번은 국어 시간 촬영 때. 아직도 생각하면 미안하고 고맙기도 하고 짜증이 나기도 한다. 총 5명. 나는 별문제 없이 해낼 것이라고 믿었다. 나는 감독 즉, 총책임자였다. 난 스토리도 맞춰주고 또 장면도 어느 정도 맞춰줬다. 애들이 하고 싶은 위주로. 그게 감독이라 생각했고, 희생하며 맞춰주는 게 나는 감독이라 생각했다. 하지만 처음 아이들은 웃고 떠들기 바빴고 지우개를 던지는 등 장난을 치며 촬영은 한 컷도 못 찍게 되었다. 그렇게 하루 이틀 시간을 허비할 때 나는 코로나 재확진 판정을 받았다.

감독이 없으면 촬영이 불편하지 않을까 싶었다. 나는 아파도 도와주고 싶었고, 내가 너무 무리한 부탁을 하는 것은 아닌지 늘 생각하고 최대한 애들 시점으로 맞추려 노력했다. 당사자들은 어떻게 생각할지는 모르겠다. 하지만 내가 진심으로 노력한 것은 알아줬으면 좋겠다. 아파도 회의할 수 있냐고 카톡이나 디스코드로 물어봤지만, 중요한 일이 있었는지 "말 걸지 마."라는 답이 왔다(나중에 말해보니 승급 전이라고 했다.). 한 명은 카톡에 단답으로 답했고, 회의 시간은 3시간이 지난 뒤였다. 통화방에 와서 따지니 자기는 말하고 있었다고 했다. 내가 상황을 말해줘도 억울했는지 같은 말만 오갔다. 그 친구와는 대판 싸우고 진짜 힘들어서 감독을 때려치우고 싶었다. 일단 넘어가기로 결정한 나. 그다음은 더 가관이었다. 8시에 자는 친구가 있어서 7시 30분에 모이기가 가능하냐고 물어보고 카톡도 물어봤지만, 그 결과는 처참했다. 회의 시작 20분 전 다 같이 40분 이상씩 걸릴 수도 있는 게임을 2명씩 하고 있었고(단체전) 나머지 2명은 감감무소식.

탈주와 되돌아오기를 반복하다가 또 울고 너무 힘들었다. 주변 애들은 나만 뭐라고 했다. 네가 너무한 거다, 회의를 이렇게나 자주 하냐, 왜 이렇게 빡빡하게 구냐는 등. 그때 진심으로 울면서 통화방에서 항의를 했던 게 생각난다. 너무 서러웠다. 그래도 내가 조금이라도 버틸 수 있던 이유는 내 친구 예은이가 있었기 때문이다. 이해해주고 공감해준 예은이 덕분에 그나마 버틸 수 있었다. 그렇게 아득바득 돌진하고 부딪혀 보니까 내가 만신창이가 되어가는 느낌을 받았다. 결론은 촬영은 잘 마무리했다.

곧 있으면 2학년. 올해는 가족들도 큰 마찰이 없었고, 화목하게 서로 지냈다. 작년보다 성장한 우리 아기 동생들도 이제 3살이다. 친구들과 싸울 때도 기쁠 때도 많았던 것 같다. 그렇게 눈이 내리는 작은 시골 학교에서 나는 점점 성장하는 것을 느끼고 있다.

## 나름대로

내 입학은 별로 재미없는 입학이었다. 얼어 죽을 것 같은 날씨의 3월이었다. 심지어 패딩도 못 입고 조끼에 재킷밖에 없어 더 추웠다. 처음 본 사람은 초등학교 동창이었다. 교실로 가는데 선배로 추정되는 학생들이 먼저 와 있어 무서운 맘에 급하게 갔다. 다른 학교 친구들과는 게임을 몇 번 해봐서 오자마자 날 아줌마라고 부르는 몇 명이 있었고 뻔한 입학식, 뻔한 책 받기가 있었다.

입학 후 얼마 지나지 않아 방과 후 프로그램 중 평소에도 관심이 있던 밴드부에 들어가게 되었다. 사실 내가 하고 싶었던 건 밴드라기보단 드럼과 보컬이었다. 하지만 보컬이 가장 먼저 정해져 있기도 했고 남은 게 피아노, 드럼, 베이스기타였으니 당연히 드럼을 했다. 하지만 처음부터 난 알아듣지를 못해서 2학기나 넘어와 그나마 나아지고 있는데 미치도록 어렵다. 솔직히 포기하고 지금 당장이라도 보컬이 하고 싶지만, 어차피 안되는 거 그냥 죽어라 연습했다. 다른 사람들은 잘 모르겠지만 일부 사람들한테 답답해 죽겠다는 소리를 들어가며 열심히 했다.

그리고 또 시작한 악기가 있는데 기타다. 기타는 소리도 예쁘고

치는 것도 너무 멋있다고 생각한다. 그렇기에 난 고민 없이 기타를 사서 연습했다. 처음은 손이 찢어질 듯 아팠지만, 계속 연습했다.

내가 이렇게 내가 하고 싶은 걸 연습했기에 나 나름대로 보상받은 것이 있다. 드럼은 첫 곡을 연주할 수 있게 됐고, 기타는 세 곡을 연주할 수 있게 됐다. 그리고 난 미치도록 하기 싫지만, 12월 28일 작은 학교끼리 모여 연주를 하게 됐다. 올해 나는 잠시 앉아서 취미를 만들고 시작한 일에 열정을 가지게 된 것 같다.

## 적다가 만 이야기

2월에 원이중학교 면접을 보고 합격해 겨울방학이 끝나고 3월 2일 원이중학교에 입학했다. 초등학교 입학과 달리 중학교의 입학은 사뭇 다른 분위기였다. 초등학교 땐 씨앗을 흙에 심고 물을 뿌려 자라나는 새싹 같다면, 중학교는 꽃이 된 후인 것 같았다. 나에게 중학교 입학은 꿈과도 같았다. 그토록 입어 보고 싶던 예쁜 교복과 많은 친구들, 재밌는 학교생활, 상상이었던 중학교 입학이 실제가 되니 믿기지 않았다.

반을 배정받고 담임선생님의 성함 그리고 친구들을 알아가는 시간을 가지게 됐다. 1학년 1반엔 23명의 학생이 있었고, 1학년 2반엔 22명이 있었다. 난 학생 수가 한 명 더 많은 1학년 1반으로 반을 배정받았고, 담임선생님은 안다복 선생님이었다.

중학교는 초등학교와 다르게 과목별로 선생님이 있었고, 그 소식을 처음 접했을 땐 이름을 어떻게 다 외우고 얼굴을 어떻게 기억하며 어떻게 구분해야 할지 머릿속이 하얘졌다. 과목별 선생님들과 담임선생님들은 서로 알아가야 하는 시간이라며 질문이 적힌 종이를 반 학생들에게 한 장씩 나눠주었다. 질문이 적힌 종이를 유심히 본 후, 손으로 짧은 연필을 잡아 거칠한 종이에 부드럽게 글씨를 썼다. 시간이 얼마나 흘렀을까 벌써 쉬는 시간이 찾아왔고 선생님은 교무실로 가셨다.

입학 첫날이라 그런가 반 아이들 전체가 정적이 흐르고 고요했다. 이 시간도 얼마 안 가 추억이 되겠지라는 생각을 했다. 주위를 둘러보니 얼굴을 아는 친구 한 명이 들어왔다. 바로 말을 걸었고, 같은 학원을 1년 동안 같이 다닌 우리 둘은 급속도로 친해질 수 있게 되었다. 숫기가 없는 나는 친해지면 참 털털했고, 그 성격 덕분에 반 아이들과 두루두루 다 친해지게 될 수 있었다. 물론 정말 멀리하고 싶은 친구도 있었지만.

이렇게 계속 생활하며 없던 관심사도 생겼다. 옷은 내가 편하면 상관없다고 생각할 만큼 옷에 관심이 없던 내가 친구들이 우정룩을 입고 싶다는 말에 생각이 바뀌고 옷(패션)에 대한 관심도 생겼다. 친구들과 같이 우정룩도 맞추고 어딜 놀러 가도 드레스 코드를 정해서 맞추고 그런 식으로 계속 지내니 정말 즐거웠고 행복했다.

선생님이 중학교 입학 후 첫 현장 체험학습을 간다고 했다. 토마토를 키우는 대형 비닐하우스로 현장 체험학습을 간다고 하길래 이건 기회다 싶어 친구들과 드레스 코드를 맞췄다. 각자 다른 과일을 생각하고 그 과일에 맞는 색으로 옷을 코디해 입은 뒤 현장 체험학습 당일 같은 과일을 생각해 코디한 친구들은 벌칙을 받기로 했다. 현장 체험학습 날, 13명 모두 다행 아닌 다행으로 서로 다

다른 과일을 생각해 옷들이 겹치지 않았다.